〖中华诗词存稿·名家专辑〗
中华诗词学会 编

刘麒子诗词选

刘麒子 著

中国书籍出版社
China Book Press

图书在版编目（CIP）数据

刘麒子诗词选 / 刘麒子著 . -- 北京：中国书籍出版社，2019.9

（中华诗词存稿）

ISBN 978-7-5068-7434-2

Ⅰ.①刘… Ⅱ.①刘… Ⅲ.①诗词—作品集—中国—当代 Ⅳ.① I227

中国版本图书馆 CIP 数据核字 (2019) 第 194326 号

刘麒子诗词选

刘麒子 著

责任编辑	王星舒
责任印制	孙马飞　马　芝
封面设计	采薇阁
出版发行	中国书籍出版社
地　　址	北京市丰台区三路居路 97 号（邮编：100073）
电　　话	(010) 52257143（总编室）　(010) 52257140（发行部）
电子邮箱	eo@chinabp.com.cn
经　　销	全国新华书店
印　　刷	北京虎彩文化传播有限公司
开　　本	710 毫米 ×1000 毫米　1/16
字　　数	200 千字
印　　张	21
版　　次	2019 年 9 月第 1 版　2019 年 9 月第 1 次印刷
书　　号	ISBN 978-7-5068-7434-2
定　　价	298.00 元

版权所有　翻印必究

《中华诗词存稿》编委会名单

顾　　问： 郑欣淼　郑伯农　刘　征　沈　鹏
　　　　　　叶嘉莹

编　　委：（按姓氏笔画排序）
　　　　　　丁国成　王　强　王改正　王德虎
　　　　　　刘庆霖　吕梁松　李一信　李文朝
　　　　　　李树喜　陈文玲　张桂兴　范诗银
　　　　　　欧阳鹤　杨金亭　林　峰　罗　辉
　　　　　　周兴俊　周笃文　宣奉华　赵永生
　　　　　　赵京战　钱志熙　晨　崧　梁　东
　　　　　　雍文华

主　　任： 范诗银

副 主 任： 林　峰　刘庆霖

执行主编： 吕梁松　王　强　李伟成

秘　　书： 李葆国

作者简介

刘麒子，1943年出生于广东揭阳，大学文化，中共党员。1965年参加工作，现为中华诗词学会副会长，中华诗书画委员会副主任，中国楹联学会顾问兼广东中华诗词学会名誉会长。

著作有《新盫集》《新盫续集》《南天百唱》《北国吟踪》《刘麒子诗书画集》等，有诗词书法被镌刻于各地碑林、摩崖石刻，传略被编入各类辞书辞典。

总　序

　　我们这个诗歌大国有一个很好的传统，历来注重"采诗"、搜集整理诗歌材料。作为唯一的全国性诗词组织的中华诗词学会，自1987年5月成立以来，就十分重视这项工作。学会每年的学术研讨会和历届"华夏诗词奖"，都出版论文集和获奖作品集。纪念学会成立二十年、三十年时，还专门编辑出版了《大事记》《论文选集》《诗词选集》。《中华诗词》创刊以来，每年都制作年度合订本。2007年5月，在北京天识东方文化艺术传播有限公司的资助下，以近代以来诗词创作、诗词理论、诗词运动重要文献汇编，当代名家个人作品专集等为主要内容，出版了《中华诗词文库》。经过十来年的编辑整理，已经出了近百卷。这些诗集、文集的出版，记录了近百年来尤其是改革开放四十多年来，中华诗词从起步、复苏走向复兴的砥砺前行的历程，为近、当代诗歌史的撰写准备了丰富的资料。

　　党的十八大以来，中华民族优秀传统文化重新受到应有的重视。习近平总书记《念奴娇·追思焦裕禄》词和《军民情》七律的相继发表，引领中华大地诗潮滚滚而来。《中共中央关于繁荣发展社会主义文艺的意见》和中办、国办《关于实施中华优秀传统文化传承发展工程的意见》，都明确提出"加强对中华诗词、音乐舞蹈、书法绘画、曲艺杂技和历史文化纪录片、动画片、出版物等的扶持。"国家教育部组织制定由中华诗词学会起草的新中国语言体系中的新韵书《中华通韵》已经通过国家语言文字工作委员会语言文字规范标准审定委员会审定，即将颁布全国试行。这些都使我们真切地感受到，中华诗词的春天真的到来了。诗人们乘着骀荡春风，正以高昂的激情，书写着中华民族伟大复兴的新时代、新史诗，国家富强、民族振兴、人民幸福的中国梦；正以与人民同呼吸、共命运的诗人之心，对人民的欢乐、人民的忧患、人民的情怀给以诗意的表达；正以"美"或"刺"的诗人之笔，对市场经济大潮中人民对幸福生活的期待，对美好未来的希望，对假丑恶的深恶痛绝，或给以方向，或给以赞美，或给以鞭挞。正如习近平总书记所指出的："好的文艺作品就应该像蓝天上的阳光、春季里的清风一样，能够启迪思想、温润心灵、陶冶人生，能够扫除颓废萎靡之风。"

　　当前，传统诗词创作者和诗词爱好者队伍发展迅速，已超过三百万。每天创作的诗词作品超过唐诗、宋词、元曲的总和。诗词评论研究队伍也成长很快，诗词评论、诗词学、诗词创作理论研究成果丰硕。如何从浩如烟海的诗词作品中"淘"出优秀作品，并使之存下来、传下去，如何使诗词研究理论成果"面世"并发挥应有的指导作用，确实是摆在我们面前的无可回避的一个重要课题。中华诗词学会是一个没有国家编制，没有国家拨款的社会团体，事业的运转主要靠社会赞助和会员费支撑。俊识（北京）文化传媒有限公司总经理吕梁松、北京采薇阁总经理王强，两位一直是对中华传统文化情有独钟的热心人，慷慨解囊，愿意同中华诗词学会一起，搜集整理编辑推出《中华诗词存稿》这套书，共同为中华诗词文化的继承和发展，做成这件十分有意义的事情。

《中华诗词存稿》主要搜集整理出版三部分内容的资料：一是当代诗词名家的个人作品集；二是当代诗词评论家、诗词学者的学术著作集；三是当代诗词作品、诗词理论学术成果阶段性、专题性、地域性的集成类作品集。诗词作品强调精品意识，沙里淘金，把"有筋骨、有道德、有温度"的优秀诗词作品搜集起来。诗词评论、研究类资料强调理论性和创新性，应具有鲜明的个性特点，具有创建性的见解。集成类的资料应有一定的史料保存价值。总之，做成一套具有当代价值和历史意义的好书。在此，我们编委会人员，向提供资料、筛选编辑、版面设计、校对勘误，包括所有为这套资料付出辛勤劳动的同志们，表示真诚的谢意！

郑欣淼
二〇一九年七月于北京

以情言志，自成风格

——序《刘麒子诗词选》

隗 芾

电影《金陵十三钗》正在火爆上演，这是自清初《桃花扇》后，少有的正面歌颂妓女的艺术作品。这不由得使我想起诗人刘麒子早年所写的读《桃花扇》的诗：

其 一

传奇一曲断人魂，袅袅清歌不忍闻。
为有桃花扇底句，至今犹忆李香君。

其 二

虚把繁华消艳情，兴亡梦里丧南明。
秦淮河上胭脂泪，汇入怒潮作怨声！

写秦淮女子而不及艳情，圣人也。而能看到"胭脂泪""汇入怒潮"，成为爱国抗敌的一股力量，诗人也。

自有诗论以来，当权者总是强调"诗言志"，平民却总是喜欢"诗言情"。近代的文学教科书上总是把杜甫的《北征》作为重点讲授，而学生能倒背如流的却还是"两个黄鹂鸣翠柳"的情诗。在"诗言志"主张的挤迫下，情诗甚至被狭隘成仅仅是"爱情诗"，改革开放前，人们避之而唯恐不及。其实情诗所抒发的不仅是爱情，更有亲情、乡情、家国情等，在在皆是，都可以寄托深情。

刘麒子是经历过诗人"噤声"年代的，自然也写过诗言志的诗，选入本书中的就有不少。但值得赞赏的是，形成风格特色的，我以为是他能"以情言志"。这无疑是把"诗言志"与"诗言情"结合起来的最高层次，至少是脱离了阿谀的轨道，有自己更高的追求。"诗言志"不是没有好作品，你看刘邦的《大风歌》，黄巢的"我花开后百花杀"，洪秀全的"手握乾坤杀伐权"，毛泽东少年时的《咏蛙》、壮年时的"数风流人物还看今朝"，其言志是多么畅快淋漓，无所畏惧。明清文字狱之后，大部分"言志"者，成为统治者的应声虫。你到故宫看看墙壁上的万千诗作，谁敢超越乾隆皇帝之上，而写诗数量最多的乾隆皇帝，并没能在文学史中占到一字地位，人们连诗人的桂冠也不肯给他。

难，并非不可为，要的是艺术技巧，更主要是胆识。刘麒子诗有一首《读某教授批判〈西厢记〉文章有感》："莫把情魔喻色魔，古来冤孽何其多。世人倘少一情字，轻易谁能到爱河。"刘的看法与我相同。但若注意到此诗写于"1966年冬"的时候，我们不禁肃然起敬了。因为那时"文化大革命"的号角已经吹响，大批判已经遍地开花，"情"字已然臭如狗屎，连演出《西厢记》的演员都已经在扫厕所的时候，刘麒子居然敢这样写、这样想，已是"大逆不道"，足见其胆识。此后竟然以此奉为圭臬实施创作，让人刮目相看。这样的人写这样的诗，才是"脱离了低级趣味的人"（毛泽东语）。

刘诗中很重亲情，作品中许多与亲友、师友、文友的唱和之作，情真意切。"儿女缘深不了情，寸心已许共枯荣"一句，已足可代表。如果说爱情亲情属于个人小范围的话，那么家国情怀无疑是属于公众感情了。

  刘诗中很大一部分歌颂了乡情。刘是广东揭阳人，孕育他的是奇妙的潮人文化。厚重的中原文化随着南宋王朝在这里败亡而积淀在这里，成为中华古文化的一个冰箱，许多古代的东西在这里鲜活着。一个潮人走遍世界各地，总会拿家乡的文化与之对比，其实就是对中华古文明的眷恋。大学者饶宗颐如此，年轻如刘麒子也是如此。看他笔下的揭阳：

城多竹树水乡骄，溪绕门前卅四桥。
户户厅堂悬字画，声声潮曲入云霄。
（《古城揭阳》）

  28个字的诗，竟然用了300字的注释，解释号称岭南水乡的家乡美桥，充分洋溢着诗人对家乡的深厚情感。家乡的前苞后竹，八个声调的潮汕话，厅堂字画，丝竹潮乐，其实就是中国式家庭生活的缩影。其实，随着公路的改造，诗中所咏的"卅四桥"许多都已经化为乌有，但在诗人的记忆中，仍然会如扬州人怀念"二十四桥明月夜"一样，那种美好的诗境会随着这首诗永远沉淀下来，诗歌的美是永恒的。刘麒子家乡有个黄岐山。山上有个月容墓，演绎了明代揭阳县令冯元飙与爱妾黄月容哀婉的爱情故事。他对那位被正室害死的才女寄与无限同情与赞叹："月容故事传今古，至此人人泪湿衣。"同时也体现了作者对爱情的看法。尽管是在封建专制社会，人们并不以偏正地位论曲直，而是以善恶定是非。

　　抒发对共产党与共和国的感情，是当代诗歌创作中普遍的主题，刘麒子此类诗中的激情，可以《讴歌党的十五大》为最，一口气连吟61韵，气势不断，实属难得。此类诗词最忌矫情。矫情就是假情。刘麒子创作诗词时时以此为戒，他所表达的都是真情。因其真，与老百姓同呼吸、共命运，才能博得读者的共鸣。他的诗作中固然也有直接声讨"四人帮""罪恶滔天古未闻"的口号，但更多的是抒发读者心中共同拥有的春风般的感受。如写于1977年春的《仙侨咏梅其四》："一自人间新岁月，时时都有好春来。"打倒"四人帮"后的欢忭心情溢于言表。再如《一九七八年新春画红梅》："随意写来亦可亲，端的笔底好藏春。喜看纸上梅花笑，便觉人间岁月新。"这些感受，凡是"过来人"都会觉得写出了自己的心声。这不正是"以情言志"的绝好范例么。

　　潮汕著名诗僧释定持，历尽人间苦难与屈辱，在复出任汕头佛协会长后春节写了一首七绝，刘麒子感其"贬谪牡丹故事长"，竟一连和作了二十三首，感慨之情，一发而不可收，而其主旨并非缠绕在过去的噩梦，而是祈望"但愿年年春不老，春光处处浴朝阳"。其中体现的正是当时党中央提出的"向前看"的主体精神。

　　刘麒子深厚的情感表现在每次共和国的大事，他都有吟咏之作。而且尽量寻求异于常人的角度，把握新的契机，表达自己真切的感情。歌颂香港回归的《回归颂》，激情澎湃，人所共赞。歌咏澳门回归，诗人则引澳门亲属题赠的一副联语入诗：

"百年外侮多荆棘，十载回归满路花。"

访澳亲人贻此对，教人怎不爱中华。

言简情深，同时反映出国人的共同情感。

刘麒子是位艺兼书画的诗人，因此在他的诗作中，从立意，到声韵，无不充满了美感，少用典故，绝无僻字。用一句俗语"诗中有画，画中有诗"称之非不为过，且欠一"书"字。刘麒子常常手书自己的得意之作，配在自己的画作上。作为明信片贻人，得之，可谓三美并俱。其《山高水长》，南岭群峰，郁郁葱葱，飞瀑奔来，云雾蒸腾。题诗曰《中年》：

中年壮志未消沉，偶有新诗寄意深。
回首难忘途百曲，登高不惧岭千寻。
因怜翠竹凌云节，愿抱丹葵向日心。
莫道鸡鸣犹起舞，临风每作远行吟。

其实这是典型的"言志"诗，写于1988年，作者正当华年，诗中激情，仿佛高山瀑布，勇往直前，汹涌澎湃，势不可挡。如今虽然已过花甲，刘子激情不减，不断奔波于五洲四海，以凌云之翠竹、向日之丹葵为榜样，意气风发，"高吟着到远方开拓一番事业的豪篇"。衷心祝愿他：永葆革命青春，以情言志，情满人间。

（作者为汕头大学文学与文化学教授）

自　序

我一九四三年九月出生于广东揭阳，揭阳历称文化之乡。我的祖父、祖伯、叔父均是文化人，父亲是抗战前就读于国立中山大学中文系的中学教师；义父是晚清秀才。因而，我从小就有机会接触、认识当地和外地若干位名人学者，受这种社会氛围和家庭氛围的影响与陶冶，我七岁起就学写毛笔字，九岁起就学习写诗、填词。学校师辈的悉心指导，社会朋辈的影响，加之学业和事业使足迹渐远、眼界渐宽，伴随年轮逐步前进，增长知识，感悟人生，从而引发歌颂祖国河山、天地正气，赞颂古圣先哲、时贤俊杰、乡心民俗、友情爱心，讴歌新时代发展的热忱，尤其是改革开放以来伟大成就的激情。忘餐废寝，沥血呕心，弹指六十年，写下了几个诗词集子。

1963年底曾整理收入拙作千馀首结集成《新盦集》，中山大学中文系主任詹安泰教授题写书名，有若干名人题词勖勉，打印出版千馀册，寄赠诗朋文友，剩下部分"文革"时被红卫兵查抄，现仅留一孤本。

改革开放后，我把在报刊发表的诗词拙作结成《新盦续集》、《新盦吟草》、《南天百唱》、《北国吟踪》等集子出版。《新盦续集》付梓时缺乏认真校对，出现书中多首诗重复，且欠行错漏字，拟重印。《新盦吟草》是七言仿古，《北国吟踪》是竹枝词，《南天百唱》则纯粹是七言律诗。

  这一期间得到杨金亭老师、周笃文教授和孙轶青会长的关爱、指导与匡扶。他们曾为我倾注了大量的心血，使我不会忘怀。

  新时期以来，中华诗词从复苏走向复兴，中华诗词学会近年为弘扬时代精神，贯彻"双百"方针，出版《中华诗词文库》。谨从《新盦续集》、《新盦吟草》、《南天百唱》中选出部分拙作和近年创作的部分诗词，结集成《刘麒子诗词选》，呈方家学者和诗词爱好者雅正。

刘麒子

2011年7月

目　录

总　序 …………………………………………郑欣淼 1
序 ………………………………………………隗芾 1
自　序 ……………………………………………… 1

五言绝句

屈　原 ………………………………………………… 3
李　白 ………………………………………………… 3
杜　甫 ………………………………………………… 3
陆　游 ………………………………………………… 3
毛泽东 ………………………………………………… 4
诗　教 ………………………………………………… 4
大海看日出 …………………………………………… 4
无　题 ………………………………………………… 4
有　答 ………………………………………………… 5
应邀题温州市妙果寺·观音菩萨 …………………… 5
　　题福田、灵境、心镜、大道 ………………… 5
潮音海韵 ……………………………………………… 6
　　（一） …………………………………………… 6
　　（二） …………………………………………… 6
上海世博会 …………………………………………… 6

> 五言律诗 ································· 7

有　悟 ··· 9

新盦集、新盦吟草付梓，先后蒙詹安泰先生、
　　臧克家先生等名家题签勖勉感赋 ············· 9

河南新郑黄帝故里祭黄帝 ····················· 10

读毛泽东诗文 ································ 10

悟佛之所以为世人所敬仰 ····················· 10

怀　友 ··· 11

翠园诗社成立十二周年 ························ 11

> 有　思 ····································· 11

次旅台丰顺乡贤吴觉生先生韵 ················· 12

附吴觉生先生原玉： ························· 13

中华诗词学会新年笔会 ························ 13

广东中华诗词学会乙酉新春东莞雅集 ··········· 13

太行山王莽岭采风 ···························· 14

有　怀 ··· 14

游珠海抵澳门访潮州会馆 ····················· 15

有　怀 ··· 15

翠园诗社廿五周年庆 ·························· 15

辛卯秋河南之行喜闻国务院批准河南全省成为
　　中原经济区有赋 ························· 16

古城揭阳 ······································ 16

平等诗 ··· 17

> 其一 ······································· 17

> 其二 ······································· 17

题关山月先生红梅图 ·························· 17

（一） …… 17
　　　（二） …… 17
　　　（三） …… 18
　　　（四） …… 18
读某教授批判西厢记文章有感 …… 18
一九七一年湖南之行沿湘江赏湘妃竹 …… 19
　　　其一 …… 19
　　　其二 …… 19
重读桃花扇传奇题卷末七绝四首 …… 19
　　　其一 …… 19
　　　其二 …… 19
　　　其三 …… 20
　　　其四 …… 20
丙申春日黄岐山踏青谒侣云庵吊月容墓 …… 20
乙巳西北之行，途中画竹自题俚句呈胡根天先生 …… 21
　　　其一 …… 21
　　　其二 …… 21
　　　其三 …… 21
　　　其四 …… 21
乙巳夏访陈君励于揭阳仙桥落鸦山竹林有作 …… 22
　　　其一 …… 22
　　　其二 …… 22
　　　其三 …… 22
癸卯暑期访古溪陈君励先生随同种竹、
　　画竹成杂咏数首 …… 23
　　　其一 …… 23

其二 …………………………………………………… 23
　　其三 …………………………………………………… 23
　　其四 …………………………………………………… 23
　　其五 …………………………………………………… 23
雪夜湟湖泊舟口占 ………………………………………… 24
乙巳冬夜读陈毅元帅诗 …………………………………… 24
辛丑冬偕诸友登祁连赏雪，小饮青梅，醉卧祁连 ……… 24
　　其一 …………………………………………………… 24
　　其二 …………………………………………………… 24
咏　兰 ……………………………………………………… 25
草原即景 …………………………………………………… 25
辛丑秋与二三同学游苏宁，借得健骏，
　　钟山跃马同览江汉景色 …………………………… 25
画竹吟 ……………………………………………………… 26
　　（一） ………………………………………………… 26
　　（二） ………………………………………………… 26
　　（三） ………………………………………………… 26
　　（四） ………………………………………………… 26
别　师 ……………………………………………………… 27
仙桥咏梅·夜访爱梅庐喜闻陈君励落实政策口占 ……… 27
　　其一 …………………………………………………… 27
　　其二 …………………………………………………… 27
　　其三 …………………………………………………… 28
　　其四 …………………………………………………… 28
谢启功先生题赠墨宝 ……………………………………… 28
故乡揭阳榕城印象 ………………………………………… 29

一九七八年新春画红梅 …………………………… 29
谢沈鹏先生为拙著题署《新盦集》续卷 …………… 29
赠潮剧名演员方展荣 ………………………………… 29
广东潮剧院一团赴深圳演出，喜赠名旦之花吴玲儿 …… 30
汕头特区报创刊一周年纪念 ………………………… 30
贺张树人先生《香港回归百唱》结集 ……………… 30
  其一 …………………………………………… 30
  其二 …………………………………………… 30
半边天 ………………………………………………… 31
榕江双溪明月 ………………………………………… 31
赞沙孟海先生 ………………………………………… 31
画梅兰竹菊四咏 ……………………………………… 31
  红梅 …………………………………………… 31
  兰花 …………………………………………… 32
  墨竹 …………………………………………… 32
  秋菊 …………………………………………… 32
岩石八咏 ……………………………………………… 33
  香炉览胜 ……………………………………… 33
  青龙吐珠 ……………………………………… 33
  桃源仙境 ……………………………………… 33
  龙泉洞天 ……………………………………… 33
  春晖远眺 ……………………………………… 34
  烈士陵园 ……………………………………… 34
  华园雅致 ……………………………………… 34
  石林陈迹 ……………………………………… 34
壬申端午诗人节有赋 ………………………………… 35

其一	35
其二	35
乙亥年春节迎春诗会次韵诗僧释定持	36
（一）	36
（二）	36
（三）	36
（四）	36
（五）	37
（六）	37
（七）	37
（八）	37
（九）	37
（十）	38
（十一）	38
（十二）	38
（十三）	38
（十四）	38
（十五）	39
（十六）	39
（十七）	39
（十八）	39
（十九）	39
（二十）	40
（二十一）	40
（二十二）	40
（二十三）	40

（二十四） ………………………………………… 41
采兰行·访饶平云峰兰苑即兴赋七绝八首 …………… 41
　　其一 ………………………………………………… 41
　　其二 ………………………………………………… 41
　　其三 ………………………………………………… 42
　　其四 ………………………………………………… 42
　　其五 ………………………………………………… 42
　　其六 ………………………………………………… 42
　　其七 ………………………………………………… 43
　　其八 ………………………………………………… 43
春发榕城口占 …………………………………………… 43
岐山夕翠 ………………………………………………… 43
赠徐之谦先生 …………………………………………… 44
陈厚实同志赠普宁书画集口占 ………………………… 44
揭阳榕江南北河建桥喜赋 ……………………………… 44
春夜车过流沙即景 ……………………………………… 45
有感善待他人与自身 …………………………………… 45
温州妙果寺题赠 ………………………………………… 45
　　赋与人为善，与德为邻 …………………………… 45
　　心中有善莫彷徨 …………………………………… 45
故宫中秋太和邀月 ……………………………………… 46
故　宫 …………………………………………………… 46
重庆郑英材诗翁八十寿庆 ……………………………… 46
赠友人调任史志办 ……………………………………… 46
澳门回归十周年访亲蒙题赠对联墨宝 ………………… 47
有　答 …………………………………………………… 47

咏　兰 ·· 47
丙寅夏张作斌同志将杨应彬同志病中所作诗见示口占··· 47
海口海瑞墓感赋 ··· 48
　　（一）··· 48
　　（二）··· 48
纪念抗日战争胜利六十五周年 ··································· 48
　　其一 ·· 48
　　其二 ·· 48
参观杜应强先生"榕颂"国画展 ·································· 49
　　其一 ·· 49
　　其二 ·· 49
诗赞抗日儒将吴逸志 ·· 49
人民政协成立四十周年 ··· 50
　　（一）··· 50
　　（二）··· 50
　　（三）··· 50
　　（四）··· 50
　　（五）··· 50
　　（六）··· 51
感　事 ·· 51
　　（一）··· 51
　　（二）··· 51
　　（三）··· 52
参加第二十届中国兰亭书法节口占 ···························· 52
　　（一）··· 52
　　（二）··· 52

李汝伦诗集发行式听李汝伦先生吟唱即兴……………… 53
南澳陆秀夫陵园怀古……………………………………… 53
咏北京新竹枝词十八首…………………………………… 53
  （一）……………………………………………… 53
  （二）……………………………………………… 53
  （三）……………………………………………… 54
  天安门……………………………………………… 54
  （一）……………………………………………… 54
  （二）……………………………………………… 54
  （三）……………………………………………… 54
  社区一瞥…………………………………………… 55
  内外城二十门……………………………………… 55
  故宫………………………………………………… 55
  社稷坛……………………………………………… 55
  真觉寺（五塔寺）金刚宝座塔…………………… 55
  太液池（即中南海、北海）……………………… 56
  西山………………………………………………… 56
  颐和园长廊观景…………………………………… 56
  颐和园佛香阁……………………………………… 56
  圆明园……………………………………………… 57
  （一）……………………………………………… 57
  （二）……………………………………………… 57
  （三）……………………………………………… 57
乙酉岁杪，陈文惠诗友邮新韵诗五首见示，
 依其韵仿其意和之……………………………………… 58
  游寺有作…………………………………………… 58

古港沧桑……………………………………………… 58
　　　国兰……………………………………………………… 58
　　　野菜、红薯……………………………………………… 58
　　　感题拙编《艺海集珍》………………………………… 59
附陈文惠先生原玉：……………………………………………… 59
乙酉年冬澄海笔会杂吟五首，呈刘麒子诗家………………… 59
　　　游寺有感………………………………………………… 59
　　　古港沧桑………………………………………………… 59
　　　参观"远东国兰"，时兰花未开……………………… 60
　　　野菜红薯………………………………………………… 60
　　　刘麒子先生筹备出版《艺海集珍》感赋…………… 60
静夜思……………………………………………………………… 60
赠蔡湘源君………………………………………………………… 61
步韵和丰顺旅台乡贤吴觉生赞吴逸志将军…………………… 61
　　　（一）…………………………………………………… 61
　　　（二）…………………………………………………… 61
　　　（三）…………………………………………………… 61
　　　（四）…………………………………………………… 62
读萧耀堂先生邮赠诗集………………………………………… 62
赠阳春诗词楹联学会…………………………………………… 62
香港展览中心…………………………………………………… 63
　　　其一……………………………………………………… 63
　　　其二……………………………………………………… 63
香港半岛酒店吊杨虎城将军…………………………………… 64
　　　其一……………………………………………………… 64
　　　其二……………………………………………………… 64

香港回归祖国参观港督府感赋…………………………… 64
  其一 …………………………………………………… 64
  其二 …………………………………………………… 64
铜锣湾天后庙书感…………………………………………… 65
  其一 …………………………………………………… 65
  其二 …………………………………………………… 65
客京中承李文朝将军赠《百位将军书法集》感赋………… 65
  （一） ………………………………………………… 65
  （二） ………………………………………………… 65
赠岭南诗社揭阳分社………………………………………… 66
春　兰 ……………………………………………………… 66
次韵陈作宏吟长贺林粉容荣任岭南诗社揭阳分社社长… 66
  （一） ………………………………………………… 66
  （二） ………………………………………………… 66
附揭阳诗社社长陈作宏原玉： …………………………… 67
辛卯端阳诗人节深圳喜会林峰、翁寒春等诗友…………… 67
  （一） ………………………………………………… 67
  （二） ………………………………………………… 67
  （三） ………………………………………………… 67
辛卯春广东中华诗词学会诸老粤东采风纪兴……………… 68
  （一） ………………………………………………… 68
  （二） ………………………………………………… 68
赞刘海粟先生………………………………………………… 68
辛卯之夏吉旦作深圳之行，一片繁荣太平景象，
  犹思近岁八方之旅所见皆赏心悦目，乃识一绝…… 68
应香港诗词学会会长林峰先生赋诗作书之邀口占………… 69

辛卯夏次韵香港诗词学会新任会长唐大进先生八唱……69
附唐大进先生原玉：……………………………………71
　　（一）…………………………………………………71
　　（二）…………………………………………………71
辛卯初夏游北国江南黑龙江肇源莲花仙子湖即兴………71
　　（一）…………………………………………………71
　　（二）…………………………………………………72
参观黑龙江肇源博物馆……………………………………72
题赠岭南诗社《春潮集》卷首……………………………72
　　其一……………………………………………………72
　　其二……………………………………………………72
黑龙江肇源出河店古战场怀古……………………………73
　　（一）…………………………………………………73
　　（二）…………………………………………………73
题余少良先生诗画集………………………………………73
………………………………………………………………75

七言律诗

咏蜂窝煤炉…………………………………………………77
岩石登临……………………………………………………77
同傅庚生教授游青海湖……………………………………77
冬夜求读风雨敲窗，黯然成一律…………………………78
书　感………………………………………………………78
画　马………………………………………………………78
怀南宋女词人李清照………………………………………79
夜阑感事，辗转难寐，抚枕低吟，遂成一律……………79

屈　指	79
戊午书感	80
柬陈君励先生	80
晨起公园赏花，慨春至春归，黯然有作	81
游岩石纪兴	81
参观大北山革命老区	81
癸卯新龠集结集，以词韵作一律自律	82
戊申秋柬友	82
丙午秋悼亡友	82
其一	82
其二	83
柬友述怀	83
有　寄	83
平反柬友述怀	84
寒梅赞	84
辛亥秋柬呈朱庸斋先生	85
拙作入编《岭海诗词选》感兴	85
广东汕头海滨初夏清晨即兴	85
作诗偶感	86
舟过浔阳遇雨感作	86
南来奉题画家黄胄西藏春晓图	86
国庆、中秋抒怀	87
戊寅诗人节雅集吊屈原	87
从山东过黄河兰考等地水灾感赋	87
鮀滨晓望	88
打倒"四人帮"柬廖沫沙先生	88

题霍理史森集卷末 …………………………………… 89
参观汕头大学喜赋 …………………………………… 89
春日喜赋 ……………………………………………… 90
悼念张济川先生 ……………………………………… 90
扩大改革开放，喜赞汕头经济特区 ………………… 91
癸卯初秋清晨云雾中偕诗友乘电轮渡海游
　岩石即兴成一律 ………………………………… 91
甲子秋游西藏大草原客藏居感赋 …………………… 91
重读陆游钗头凤词感赋 ……………………………… 92
中　年 ………………………………………………… 92
广州花县官禄洪秀全故居有题 ……………………… 93
游广东潮州祭鳄台 …………………………………… 93
庚申夏游澳门，读澳门白鸽巢公园故事 …………… 93
　癸丑游澳门普济禅院（又名观音堂） …………… 94
广东江门市郊谒陈白沙祠 …………………………… 94
游广东湛江湖光岩即兴 ……………………………… 95
海南谒五公祠 ………………………………………… 95
广州五仙观听民间故事感兴成一律 ………………… 96
参观海南琼台书院旧址（今海南师范学校）……… 97
甲子岁游广东潮州韩文公祠感赋 …………………… 97
赞深圳经济特区 ……………………………………… 97
谒海南丘浚故居 ……………………………………… 98
海南儋县东坡书院怀古 ……………………………… 98
海南崖县黄道婆故居有作 …………………………… 99
辛巳于海口驱车游三亚天涯海角，夜宿鹿回头 …… 99
乡寄 …………………………………………………… 100

海南儋县白马井镇怀古	100
偶　感	101
夜读诸葛武侯兵书感赋	101
诗呈习仲勋同志	101
瞻拜广州黄花岗烈士陵园	102
广州六榕塔即兴	102
广东揭阳仙桥桂竹园岩写景	103
咏广东揭阳	104
柬陈叔亮先生	104
参观汕头大学	105
赞名画家吴作人	105
凤凰纪游	106
赞徐之谦先生	106
谒河南少林寺感题一律	107
过凤城即景（凤城即广东潮州市）	107
广州光孝寺有题	107
拜访范曾先生题其所赠书画集及人物画之下	108
登泰山览摩崖诗碑感赋	109
汕头海湾大桥兴工感赋	109
羊城古八景之一"石门返照"有赋	110
广州南海神庙有题	111
游龙泉岩谒翁公书院	112
辛酉夏题广东潮阳海门莲花峰吊文天祥	113
其一	113
其二	113
广东揭阳撤县建市后抵揭阳市感赋	114

其一……………………………………………………… 114
　　其二……………………………………………………… 114
甲辰冬日感事成一律柬友………………………………… 115
改革开放，汕头经济特区形势喜人……………………… 115
飘然亭春望………………………………………………… 115
汕头远眺…………………………………………………… 116
桑浦新姿…………………………………………………… 117
柬张济川先生二律………………………………………… 117
　　其一……………………………………………………… 117
　　其二……………………………………………………… 118
一九九一年"七一"献曝………………………………… 118
游广东南澳瞻仰黄花山烈士碑，登雄镇关览
　　海天景色感赋一律…………………………………… 118
纪念诗圣杜甫……………………………………………… 119
谒广州黄埔军校旧址感赋………………………………… 119
辛未秋深圳赤湾怀古……………………………………… 120
游中山翠亨村谒孙中山故居感赋………………………… 121
题梁启超故居……………………………………………… 121
壬戌游海南三亚，弹指廿余年辛巳重游，
　　赋一律以抒胸臆……………………………………… 122
游广州越秀公园镇海楼读"雄镇海疆"匾文感赋……… 123
汕头经济特区成立十周年暨扩大范围喜赋……………… 123
甲寅岁杪诗柬刘逸生先生………………………………… 124
香港回归乘游轮抵港于屯门感赋一律…………………… 124
杭州旅兴…………………………………………………… 125
看反腐倡廉电视专题片有感……………………………… 125

莲峰浩气·广东潮阳海门吊文信国赋一律……126
为一九九五年（乙亥端午）诗人节而作……126
报载某地近年来之腐败现象感赋……127
柬友述怀……127
游广东佛山谒祖庙抚今追昔感赋一律……128
赠广东潮汕青年诗人创作研习会……128
次韵法国薛理茂先生咏梅一律……129
贺薛理茂先生八八华诞……129
次韵法国薛理茂先生……129
题陈达民《天南集》……130
  其一……130
  其二……130
戊寅诗人节雅集……131
赠广东汕头岭海诗社、丝竹社、翰墨社……131
辛未秋次韵赵振山……131
丙子秋金陵道上次韵柬广东汕头名中医李中庸医师……132
旅游感兴……132
丁丑除夕于广东汕头喜见书画家为市民写春联作年画……132
辛酉春游广东汕头达濠青云岩……133
壬辰年重游广东潮州古城东门楼远眺……133
辛酉夏过揭阳双峰古寺旧址感作……134
广东汕头北回归线标志塔丙寅年夏至日落成……135
揭阳行……135
甲子春广东汕头今昔书感……135
游揭岭飞泉感赋……136
次韵张峻峰先生……136

其二 …………………………………………………… 137
　　其三 …………………………………………………… 137
附张峻峰诗友原玉： …………………………………………… 137
日本侵华无条件投降五十周年感赋 ………………………… 138
　　其一 …………………………………………………… 138
　　其二 …………………………………………………… 138
己亥夏，次韵林扬洲医师题杭州西湖"黄龙洞"
　"柳岸闻莺""花涧观鱼"诸景点旧照一律 ……… 139
丙午夏南归，自汉口乘电轮往九江途中成一律 …… 139
赞岭东文化 ………………………………………………… 140
访广东博罗罗浮山谒冲虚观有赋 ………………………… 140
广东惠州西湖口占 ………………………………………… 140
赞粤东名中医李中庸 ……………………………………… 141
广东中华诗词学会乙酉新春雅集 ………………………… 141
诗咏牵牛入画来 …………………………………………… 142
　　其一 …………………………………………………… 142
　　其二 …………………………………………………… 142
乙丑秋客京中访廖沫沙先生家柬陈厚实 ………………… 142
哭陈厚实同志 ……………………………………………… 143
谒广东潮阳灵山护国禅寺有题 …………………………… 143
题故里广东揭阳桂林乡 …………………………………… 144
次韵袁第锐先生感其意依题柬之 ………………………… 144
　　两岸 …………………………………………………… 144
　　健身 …………………………………………………… 144
　　扶贫有感 ……………………………………………… 145
重谒广东潮阳灵山护国禅寺感赋 ………………………… 145

小平颂 …………………………………………… 145
题湖南浏阳谭嗣同故居 ……………………… 146
游粤北丹霞山 ………………………………… 147
长沙白沙井 …………………………………… 147
游清远飞来峡 ………………………………… 148
湖南长沙岳麓书院 …………………………… 148
岳麓游 ………………………………………… 149
谒广东梅州人境庐 …………………………… 149
题衡山天云亭 ………………………………… 150
抗日儒将吴逸志赞 …………………………… 150
　　其二 …………………………………… 151
乙酉冬次韵刘征先生书感 …………………… 151
题蔡起贤先生《缶庵集》 …………………… 151
京中读陈锦雄赠书画集 ……………………… 152
柬激夫 ………………………………………… 152
全国第二十三届中华诗词研讨会在西安召开 … 153
　自　勉 ……………………………………… 153
贺香港诗词学会成立 ………………………… 153
西安之旅书感 ………………………………… 154
纪念辛亥革命缅怀孙中山先生 ……………… 154
次韵古求能君《李国平院士百年祭》七律 …… 154
附古求能原玉： ……………………………… 155
次刘柏青君韵转致罗益群先生 ……………… 155
附刘柏青原玉： ……………………………… 155
中华诗词学会第二十二届研讨会在河南省南阳市
　　召开，适逢全国纪念改革开放三十周年喜赋一律 … 156

赠杨文才……………………………………………… 156
纪念刘少奇同志回乡调查五十周年……………… 157
赞名书画家胡天民医师…………………………… 157
答　远……………………………………………… 157
寄　语……………………………………………… 158
庚寅蓝田兰亭雅集………………………………… 158
　　其一…………………………………………… 158
　　其二…………………………………………… 158
柬　友……………………………………………… 159
夜读唐李青莲《将进酒》诗，豪放之情萦于脑际，
　　遂次岭海诗翁王遗仙韵成书感一律并寄之…… 160
再次王遗仙韵……………………………………… 160
　　其一…………………………………………… 160
　　其二…………………………………………… 160
　　其三…………………………………………… 161
　　其四…………………………………………… 161
近年来岭南诗人多以诗笔讴歌汕头经济特区
　　"追龙超虎"，建设现代化港口城市的成就，
　　用王遗仙韵谨赋二律志之…………………… 161
　　其一…………………………………………… 161
　　其二…………………………………………… 162
附王遗仙先生原玉：……………………………… 162
赠金元企业股份有限公司………………………… 162
自书诗赠某金融机构……………………………… 163
赴深圳采风赠深圳诗词学会……………………… 163
赠深圳诗词学会会长老同志刘波………………… 163

迎春书感	164
读《长沙会战碑文》感赋	164
贺河南老干诗词研究会成立二十周年	164
汕头苏埃湾红树林喜赋	165
奉题第三届加拿大诗书画展	165
岭海翰墨社成立二十五周年即兴	165
题潮阳灵山护国禅寺	166
澳门回归祖国十周年感赋	167
庆祝中华人民共和国成立六十周年喜赋	167
澳门回归十周年志庆	168
佛山禅城诗社成立三周年纪念	168
序王睦武《龙吟集》题一律作引子	169
庆祝中华人民共和国成立六十周年感赋	169
感怀柬友	170
庆祝新中国成立六十周年·笔歌墨舞颂中华	170
谈　笑	171
参观西北大学感作	171
阳关道上有寄	171
第二十三届中华诗词研讨会在西安召开	172
澳门回归祖国十周年喜赋	172
客京华每怀岭海诸老，诗柬叶宝捷诗友	172
赞霍松林先生	173
香港诗词学会、深圳诗词学会联欢喜赋一律	173
纪念唐寅诞辰五百四十周年	173
甲申绍兴兰亭书法节上谢绝记者采访	174
忭贺梅州市丰顺百人诗会十唱	174

读《诗潮》感赋……178
谢赠《中国诗词选刊》柬梅里先生……178
歌颂改革开放三十周年伟大成就暨迎北京奥运……178
乙酉蔡楚生百年祭……179
党的十六大……179
序《林戈诗文集》聊志二律……180
序林三伟《桐苇吟草》赋一律为尾声……181
建军八十周年有赋……181
赞孙轶青会长……182
  （一）……182
  （二）……182
痛悼孙轶青会长有赋……183
缅怀孙轶青会长……183
岭海诗社二十七周年遥寄……184
悼念蔡起贤先生……184
春日郊游即兴……184
汕头颂……185
旅途述怀……185
佛山礼赞……185
寄　友……186
柬　友……186
改革开放，汕头形势喜人……186
广东岭南诗社成立二十周年志庆……187
报载舟曲山洪泥石流救灾感赋……187
贺周汝昌先生九十寿诞……188
  （一）……188

（二）	188
（三）	188
（四）	189
（五）	189

赠贝闻喜先生题湖光集 …………………………………… 189
衡山谒南岳庙 …………………………………………… 190
乙酉冬次韵呈刘征先生 …………………………………… 191
  其一 ……………………………………………………… 191
  其二 ……………………………………………………… 191
丙戌中华诗词学会山西晋城研讨会即兴 ………………… 191
纪念中国人民志愿军抗美援朝六十五周年 ……………… 192
自勉 ……………………………………………………… 192
辛卯中秋感赋座右铭一律 ……………………………… 193
寄香港林峰先生 ………………………………………… 193
赞许典鸿 ………………………………………………… 193
  其一 ……………………………………………………… 193
  其二 ……………………………………………………… 194
瞻仰广州三元里纪念馆有题 …………………………… 194
书慨 ……………………………………………………… 194
读复旦大学何佩刚教授赠《山海微吟》诗集有感 ……… 195
癸未中秋书中华颂诗偕诸友登帝豪大酒店 …………… 195
中国共产党成立九十周年纪念 ………………………… 195
读丰顺旅台乡贤吴觉生思乡一诗有感 ………………… 196
抗日儒将吴逸志赞 ……………………………………… 196
附欧阳鹤先生原玉： …………………………………… 197
京中和刘柏青《越王台上喜相逢》韵并寄之 ………… 197

己丑夏，承叶宝捷先生赠国画木棉图并题七律一首，
　　乃依韵成二律和之………………………………… 197
　　　　（一）……………………………………………… 197
　　　　（二）……………………………………………… 198
附叶宝捷先生原玉：…………………………………… 198
　　己丑三月作木棉图并题七律一首
　　　　就教于刘麒子先生……………………………… 198
汕头市第五届迎春联欢节喜赋………………………… 199
全国第二十五届中华诗词研讨会在黑龙江肇源召开…… 199
公元1979年秋同麦华三先生赴沪宁苏杭书法交流，
　　于苏州与军旅青年书家金龙相识，金龙君以其所书
　　百寿百体墨宝见赠结翰墨缘，2011年夏深圳重逢，
　　转瞬三十二载，席间即兴成一律…………………… 199
辛卯端阳诗人节港澳深暨各地诗人
　　盛会次韵香港诗词学会会长林峰先生八咏………… 200
附林峰先生原玉：……………………………………… 202
　　诗奉麒子兄卅二韵…………………………………… 202
　　　　（一）……………………………………………… 202
　　　　（二）……………………………………………… 203
　　　　（三）……………………………………………… 203
　　　　（四）……………………………………………… 203
　　　　（五）……………………………………………… 203
　　　　（六）……………………………………………… 204
　　　　（七）……………………………………………… 204
　　　　（八）……………………………………………… 204
中国共产党成立九十周年礼赞………………………… 205

庆祝中国共产党成立九十周年看今日中华诗坛⋯⋯⋯⋯⋯205
汕头经济特区三十周年有寄⋯⋯⋯⋯⋯⋯⋯⋯⋯⋯⋯⋯⋯206
　（一）⋯⋯⋯⋯⋯⋯⋯⋯⋯⋯⋯⋯⋯⋯⋯⋯⋯⋯⋯⋯206
　（二）⋯⋯⋯⋯⋯⋯⋯⋯⋯⋯⋯⋯⋯⋯⋯⋯⋯⋯⋯⋯206

五言仿古

初谒董寿平先生于荣宝斋有作⋯⋯⋯⋯⋯⋯⋯⋯⋯⋯⋯209
戊辰冬游广州白云山蒲涧遣兴作仿古一首⋯⋯⋯⋯⋯⋯210
甲子中秋岭海诗社成立作仿古一首赞张华云先生⋯⋯⋯211
题雷正民先生巨幅山水画⋯⋯⋯⋯⋯⋯⋯⋯⋯⋯⋯⋯⋯212
老干吟⋯⋯⋯⋯⋯⋯⋯⋯⋯⋯⋯⋯⋯⋯⋯⋯⋯⋯⋯⋯⋯213
讴歌党的十五大⋯⋯⋯⋯⋯⋯⋯⋯⋯⋯⋯⋯⋯⋯⋯⋯⋯214
愿趁春风苏　齐跨千里骥⋯⋯⋯⋯⋯⋯⋯⋯⋯⋯⋯⋯⋯217
张作斌诗翁八十高龄⋯⋯⋯⋯⋯⋯⋯⋯⋯⋯⋯⋯⋯⋯⋯219
粤东怀杨金亭、丁国成诗长成仿古一首⋯⋯⋯⋯⋯⋯⋯220

七言仿古

仰昆仑⋯⋯⋯⋯⋯⋯⋯⋯⋯⋯⋯⋯⋯⋯⋯⋯⋯⋯⋯⋯⋯225
墨竹吟⋯⋯⋯⋯⋯⋯⋯⋯⋯⋯⋯⋯⋯⋯⋯⋯⋯⋯⋯⋯⋯228
题黎雄才先生山水⋯⋯⋯⋯⋯⋯⋯⋯⋯⋯⋯⋯⋯⋯⋯⋯230
赞名画家黄胄先生⋯⋯⋯⋯⋯⋯⋯⋯⋯⋯⋯⋯⋯⋯⋯⋯231
岩石吟⋯⋯⋯⋯⋯⋯⋯⋯⋯⋯⋯⋯⋯⋯⋯⋯⋯⋯⋯⋯⋯232
己未秋题师鸿先生所赠八骏图古风一首⋯⋯⋯⋯⋯⋯⋯233
中国之兴先富农⋯⋯⋯⋯⋯⋯⋯⋯⋯⋯⋯⋯⋯⋯⋯⋯⋯234
奉题陈谦同志《苑边草》诗集⋯⋯⋯⋯⋯⋯⋯⋯⋯⋯⋯236
陈望赞⋯⋯⋯⋯⋯⋯⋯⋯⋯⋯⋯⋯⋯⋯⋯⋯⋯⋯⋯⋯⋯237

柬杨之光先生……240
新丹青引……241
续新丹青引……244
刘家骥严玉莲兰竹赞……245
奉题刘理之同志《榕荫杂咏》诗集……246
游潮州西湖葫芦山摩崖石刻写兴……248
座右吟……249
偶　感……250
回归颂……251
怀周笃文教授（词韵）……252
参观麦薇子画展有赋……254
中华诗词学会第三次全国代表大会喜赋……254
词凤凰台上忆吹箫·揭阳古城……256
贺新郎·榕江西湖写生……256
满江红·乙巳秋霜降后五日，
　　西北之行与陈塘关赠别仙桥，依依赋别……257
念奴娇·次韵朱瑞芳先生赞雷锋、王杰等英雄人物……257
踏莎行·乙巳冬于连山柬陈塘关……258
望海潮·一九六五年冬客居粤北林区，
　　以词代书柬呈郭沫若同志……258
贺圣朝……259
八声甘州……259
沁园春·庚戌春以词代书柬友……260
念奴娇·悼念周恩来总理……260
鹧鸪天……261
凤凰台上忆吹箫（别调）……261

生查子·丁未秋以词代书呈岳翁大人·············262
永遇乐·三上黄山倚声作"黄山颂"一阕纪兴·········262
念奴娇·参加北回归线标志塔落成典礼············263
雨霖铃·悼念著名书法家麦华三先生·············263
念奴娇·登汕头特区管委会大楼远眺·············264
望海潮·潮汕人民抗击1986年第七号强台风纪实····264
莺啼序·纪念人民政协成立四十周年·············265
念奴娇·南归夜飞汕头,喜窥鮀城景色,倚声纪之·····266
永遇乐··266
满江红·赠名画家刘昌潮先生···················267
满庭芳·广东中华诗词学会成立周年志庆··········267
水龙吟·辛巳端午诗人节怀古···················268
齐天乐·新中国建国五十周年暨人民
　　　政协成立五十周年喜赋···················268
念奴娇·喜为参加潮汕迎春联欢节海外
　　　潮籍亲人倚声·····························269
虞美人·癸未端阳诗人节倚声···················269
水调歌头···270
千秋岁·中国共产党成立八十周年有作··········270
莺啼序·为《汕头体育老相片》一书以词代序·····271
八声甘州···272
　　望海潮·读汕头百年史,追昔抚今,
　　感作长短句······································273
浣溪沙·报上惊闻································273
浣溪沙·看电视"共同关注"·····················273
浣溪沙·乔迁咏叹································274

莺啼序……………………………………………………274
念奴娇……………………………………………………276

附录

蔡起贤先生序《新龠集》续卷文……………………………277
蔡起贤先生《喜读刘麒子同志古体诗歌·声含宫商，
　　辞尤溢意》文…………………………………………279
刘征先生序《南天百唱》文…………………………………281
周笃文教授序《五十年名家墨宝》文………………………283
丁芒先生《致刘麒子书》文…………………………………285
后　记………………………………………………………287

五言绝句

屈 原

楚天怀屈子,举国吊忠魂。
正气诗风骨,离骚万古存!

李 白

逸韵扬文脉,豪篇壮国魂。
诗仙天下颂,万世仰昆仑。

杜 甫

清酒崇诗圣,格高谁与同?
为民倾肺腑,千载仰斯翁。

【注】
古人以清酒为"圣人","浊酒"为"贤人"。

陆 游

诗魂连国脉,国难见精忠。
因读示儿句,古今思放翁!

毛泽东

救民于水火，举国感恩深。
思想指南在，共将真理寻。

诗 教

盛世兴诗教，文明不可轻！
国魂凝德育，千载系心声。

大海看日出

欲窥鱼肚白，时见彩霞红。
海托丹阳出，烟波万里雄。

无 题

百花争艳丽，移一种胸间。
如问花开否，请看吾笑颜。

有 答

欲问春消息，只知在笔端。
画中花灿烂，从不畏严寒。

应邀题温州市妙果寺·观音菩萨

瑞云开宝座，灵境绽莲花。
雨露从天洒，恩光照万家。

题福田、灵境、心镜、大道

福田多妙果，灵境簇菩提。
善念开心镜，大道宽不迷。

潮音海韵

（一）

东粤三江涌，南瀛壮有声。
潮音融海韵，今古共知名。

（二）

一脉中原至，潮来海韵生。
刚柔皆正气，天地共形成。

上海世博会

世博开生面，万邦眼底收。
中华高格调，声誉播全球。

五言律诗

有 悟

世惊禽会唱，不懂笔能歌。
若把情融乐，听之意入魔。
禽音鸣正气，天籁荡清波。
谱写轻音乐，曲如流水多。

新盦集、新盦吟草付梓，先后蒙詹安泰先生、臧克家先生等名家题签勖勉感赋

发愤诗成集，名流勉且夸。
立身求大器，矢志爱中华。
感念詹安泰，难忘臧克家。
烟毫光拙著，非锦亦添花。

【注】

1963年秋拙作《新盦集》打字结集，承蒙中山大学中文系主任詹安泰教授等题写书名和题词勉励。1981年拙作《新盦吟草》出版，承蒙《诗刊》主编著名诗人臧克家题写"诗苑芬芳"。

河南新郑黄帝故里祭黄帝

始祖尊黄帝，寻根亦礼贤。
泽民恩处处，兴国德绵绵。
和气千秋颂，文明万古传。
我来新郑县，祭拜此心虔。

读毛泽东诗文

少壮怀天下，风云任吐吞①。
救民于水火，立国定乾坤。
韬略消邦患，诗文振国魂。
十年"文革"事，留与后人温②。

【注】
① 风云句形容手握风云，观察形势，掌握大局。
② 邓小平同志曾一再强调："稳定压倒一切。""过去的事情不要再谈了，留给后人去评论。"

悟佛之所以为世人所敬仰

佛有慈悲念，更无讳忌心。
察人明善恶，忧世谙浮沉。
慧眼褒仁德，法规诲盗淫。
悯生犹戒杀，和气有良箴。

怀 友

政界为忠仆，吟坛做义工。
识君逾廿载，知我凭双瞳。
谈吐来清气，诗词见底工。
晋京怀挚友，心坎刻晨崧。

1995 年

【注】
晨崧，诗人，曾任中纪委办公厅副主任，中华诗词学会原副会长、顾问，中纪委观园诗社社长。

翠园诗社成立十二周年

何处寻芳草，赏心在翠园。
绿从诗上发，花自笔端繁。
每系黎民意，犹牵社稷魂。
名篇千百首，正气应长存。

有 思

我思汪石老，南国口碑盈。
政绩留清誉，吟篇仰大名。
持身胸坦坦，处世骨铮铮。
卅载多情义，共将肝胆铭。

次旅台丰顺乡贤吴觉生先生韵

感君陈肺腑,刚气化柔肠。
沧海珠多泪,蓝田玉不黄。
恩仇皆已矣,功德可圆场。
一叶惊秋至,寻根在故乡。

【注】

抗日战争期间,抗日名将薛岳、吴逸志将军一同指挥举世闻名的"长沙三捷"战役。吴觉生先生为吴逸志将军之后代,现年迈客居台湾。

蓝田(双关语),诗中指原广东揭阳蓝田都,现广东梅州丰顺县境内,又指陕西蓝田产玉,唐李商隐诗"沧海月明珠有泪,蓝田日暖玉生烟"。

感君陈述肺腑之言,刚气已化为柔肠。人世多艰,露出沧海的明珠总像淌着泪水,出自蓝田的玉永远不会变黄。

随着历史的发展,国共两党的恩仇已成过去,密切两岸关系,促进祖国的统一便是公德和归宿。一叶惊秋,有感岁月的流逝,叶落归根,游子在外还是回到故乡来吧。

附吴觉生先生原玉：

楚客长流苦，望云嗟断肠。
春风杨柳绿，秋露菊花黄。
世事波中叶，人生梦一场。
青丝成白发，何日返故乡。

中华诗词学会新年笔会

国昌开泰运，翰苑集群贤。
笔聚中兴气，神凝改革篇。
放歌萦海峡，拨墨入云天。
雨露春风里，无声滋两肩。

广东中华诗词学会乙酉新春东莞雅集

岭表花争放，八方春泽长。
南天臻福境，东莞创诗乡。
一代骚风振，满堂翰墨香。
万家同唱和，吟帜永飘扬。

太行山王莽岭采风

王莽峰头望，晋城万象开。
抚今思俊杰，怀古数雄才。
岁月风云涌，山川锦绣裁。
太行佳气现，昌盛可期哉！

【注】
　　王莽岭位于山西晋城东侧太行山脉南麓，晋城一带历史悠久，历代名人遗址及文物古迹甚多，为山西一大旅游胜地。

有　怀

古今宽眼界，许国体民衷。
笔墨襟怀里，心魂社稷中。
诗扬文脉远，世见惠风融。
四海吟潮涌，同怀马凯公。

2009 年冬

【注】
　　马凯同志现为国务院国务委员、秘书长，一向重视文化、关心中华诗词事业的发展。

游珠海抵澳门访潮州会馆

驻足游珠海，驱车访澳门。
风情犹画意，景色亦诗魂。
一路歌声闹，沿途笑语喧。
潮人有会馆，谊厚待重温。

有 怀

学会多才俊，吾怀郑伯农。
报坛曾树帜，吟苑共推崇。
谊笃南和北，诗联外与中。
苦心扬国粹，盛世振吟风。

2010 年 2 月

【注】
郑伯农同志是中国作家协会原党组成员，《文艺报》原主编，中华诗词学会驻会名誉会长。

翠园诗社廿五周年庆

翠园春意闹，诗雨润词花。
联韵多名宿，论文有大家。
社团腾雅誉，刊物显精华。
廿五周年庆，南天处处夸。

辛卯秋河南之行喜闻国务院批准河南全省成为中原经济区有赋

魂梦怀吟友，郑州每往回。
沧桑惊巨变，建设喜宏恢！
科技腾飞起，人才广揽来。
中央新政策，兴豫动春雷。

古城揭阳

城多竹树水乡骄，溪绕门前卅四桥。
户户厅堂悬字画，声声潮曲入云霄。

1959 年

【注】

有古桥三十四座。揭阳榕城建于南宋淳熙年间，自古文人墨客众多，民风爱潮剧，喜唱潮曲，且有"城中竹树多依水，市上人家半系船"之美谈。至近代，城中溪河交错，有名字可考的石桥有三十四座，船只穿桥而过，可通全城由南北河出港。旧城东西南北门和进贤门五门五桥，马山滘桥、大肚堰桥、下围桥、季雨南桥、丁公馆桥、石狮桥、新街口桥、丁府前桥、后畔溪桥、双峰寺桥、蟹地罗桥、赖蔡宫巷桥、书院巷桥、东岳宫桥、杨秀林桥、母仔桥、猛水桥、池内李桥、九宝巷桥、吴厝祠桥、黄厝祠桥、靛行桥、关桥、吴私滘桥、长埕伯公脚桥、三洲枋桥（后改四狮桥）、黄万隆桥、龟腰桥、关爷宫前桥、沟仔墘桥、凤归林桥等。

平等诗

其一

诗之大国起殷周，唐时鼎盛今风流。
名篇宝库知多少，光同日月照神州！

其二

诗人喜读古今诗，诗多识广自能诗。
诗标品格求人格，诗如人品人如诗。

题关山月先生红梅图

（一）

关老红梅动世眸，花魂已被画魂勾。
凌霜铁骨冲天气，尽把春光笔底留。

（二）

天生丽质艳而清，绘入图中气韵生。
妙笔勾来寒彻骨，报春簇簇势峥嵘。

(三）

先生笔意高千古，数九寒冬花万树。
斗艳同凌霜雪开，排演大地迎春舞。

（四）

一支健笔古今越，啸傲乾坤灵气发。
无限春光入此图，千秋共仰关山月。

1963 年冬

读某教授批判西厢记文章有感

莫把情魔喻色魔，古来冤孽何其多。
世人倘少一情字，轻易谁能到爱河。

1966 年冬

一九七一年湖南之行沿湘江赏湘妃竹

其一

秋到潇湘曙色寒，湘水茫茫万千竿，
试看枝上斑斑泪，湘子至今恨未完。

其二

湘篁一种湘江边，节在心中几许年，
洒向枝间夜夜泪，天明沐露随风干。

重读桃花扇传奇题卷末七绝四首

其一

传奇一曲断人魂，袅袅清歌不忍闻。
为有桃花扇底句，至今犹忆李香君！

其二

虚把繁华消艳情，兴亡梦里丧南明。
秦淮河上胭脂泪，汇入怒潮作怨声！

其三

血作桃花剧可哀,一朝兴废鉴光开。
纪纲不整方纲乱,正气销沉王气埋。

其四

南朝旧事逐波声,今日江山别有情!
应见秦淮河上月,柔光如水浥弦笙。

丙申春日黄岐山踏青谒侣云庵吊月容墓

百鸟朝凰客路凄,侣云庵外紫烟迷。
月容故事传今古,至此人人泪湿衣。

【注】
　　明揭阳县令冯元飙之爱妾黄月容天姿国色,冯甚钟爱之。传说月容屡助冯破奇案更为得宠。冯之元配夫人甚嫉妒,将月容剪容沉江。冯元飙悲恨不已,将月容葬于揭阳黄岐山"百鸟朝凰",亲撰墓志铭,建"侣云庵"于山上,并赋悼诗多首以示眷念。另传说不久冯升任潮州府尹,携眷乘船赴任,途经炮台双溪口时将元配夫人推入榕江,对外传为误坠河淹死云云。

乙巳西北之行，途中画竹自题俚句呈胡根天先生

其一

忘年结谊不区区，墨竹毋嫌信手涂。
节在心中来笔底，余生愿作式和模。

其二

几竿翠竹傍江湾，叶密枝疏气韵闲。
不写空心难蓄恨，便无败节在其间。

其三

漫言有竹好吟诗，爱竹居然成竹痴。
竹绘成时诗亦得，此生与竹不分离。

其四

画竹胸中先有竹，神思每在不言中。
夜深静对板桥竹，气是天资韵是工。

乙巳夏访陈君励于揭阳仙桥落鸦山竹林有作

其一

一轮烈日挂天心,挥汗我来访竹林。
炎暑何妨偕作伴,丛中欲待好风临。

其二

婆娑翠影荫初成,喜煞当年种竹人。
心血长年常灌溉,苦心留共竹心青。

其三

爱竹梅窗兴正苏,忽然问道有诗无?
情殷我自常怜竹,即写新诗入画图。

【注】
梅窗为陈君励笔号,其居址谓"爱梅庐"与"近竹居"。

癸卯暑期访古溪陈君励先生随同
种竹、画竹成杂咏数首

其一

露结清霜晓气凉，诗人又访竹之乡。
可怜篁竹节心老，憔悴枝间色半黄。

其二

古溪洗笔竹萧萧，竹意初师郑板桥。
一自桂林新竹茁，板桥不学学昌潮。

其三

诗人种竹落鸦山，竹有新姿解笑颜。
挥洒几竿苍翠影，墨研汗水在其间。

其四

竹有虚心客始珍，来吾笔底倍精神。
心中爱竹常临竹，曾是鸦山种竹人。

其五

爱竹爱诗情十分，是诗是竹总勾魂。
仙桥作客诗题竹，自此逢人说老君。

雪夜湟湖泊舟口占

雪点微茫盖野蒲，扁舟春夜宿湟湖。
销融冰块未全化，疑是当年八阵图。

乙巳冬夜读陈毅元帅诗

诗中已见真英杰，正气犹兼胆气雄。
任汝吟哦千百遍，感人肺腑壮人胸。

辛丑冬偕诸友登祁连赏雪，小饮青梅，醉卧祁连

祁连山脉绵长八百里，中有危峰高插云天，遥看白甲银装，近见云封蔽日，顷间雾散峰回，真乃瞬间万变，如同天马行空，往来自若。

其一

醉卧祁连一握天，银装白甲势巍然。
谁将高岳变鞍马？任我奔驰快著鞭。

其二

天距祁连三尺间，我来一握笑开颜。
因思坐骑如峰岳，万里云程一瞬还。

咏 兰

铁骨枝枝嫩玉斜,芳心挹翠吐清华。
春风不作王孙恋,难得香留百姓家。

草原即景

融金白雪浥朝茫,春入高原试艳妆。
塞北虽然无舞蝶,如花藏女戏情郎。

辛丑秋与二三同学游苏宁,借得健骏,钟山跃马同览江汉景色

烟波滚滚接天流,红叶白云两岸秋。
暮色苍茫好著句,钟山跃马看归舟。

【注】
苏即江苏,宁即南京。

画竹吟

余画竹初学板桥,继学昌潮,画竹自勉,以竹述怀。

(一)

临池泼墨竹魂骄,学竹思追郑板桥。
因爱天安门上竹,虔诚梓里学昌潮。

(二)

成竹在胸竹自工,形神气质不相同。
劝君试看昌潮竹,半是天资半苦工。

(三)

闲来画竹两三竿,风雨飘摇气韵寒。
春到青多黄不见,欲留大节与人看。

(四)

吟诗画竹付评论,既是诗魂亦竹魂。
看取千竿君子竹,节心终古傲乾坤。

【注】

汕头画院名誉院长、名画家刘昌潮先生以画竹名世,有国画悬挂于人民大会堂中，有墨竹悬挂于天安门城楼上。其原籍广东揭阳市揭东县桂林乡。

别 师

数载栽培感戴深，谆谆诲我尚余音。
穷年自愧无他报，指向苍天唯此心。

【注】
时处"文革"，尚未平反落实政策。

仙桥咏梅·夜访爱梅庐喜闻陈君励落实政策口占

其一

庾岭孤山归去来，春婆梦断旧家隈。
一从林逋仙游去，世上梅花几度开？

其二

春风昨夜过仙桥，才有梅花便细描。
一瓣素心能惬客，暗香麝月古溪潮。

其三

淋漓墨韵漫催春,妙笔勾来最逼真!
喜见梅花莞尔笑,人间都是可怜辰。

其四

漫天霞彩孕心梅,笔底胸中烂漫开。
一自人间新岁月,时时都有好春来。

1977 年春

【注】

梅窗为揭阳文化人陈君励笔名,陈系揭阳仙桥古溪乡人,自号老君,爱梅庐主。解放后任职县文化馆,能书善画,尤喜写梅竹。极左时期,几经磨折。劫后春回,未几惜因沉疴谢世。揭阳仙桥有落鸦山,广种湘妃竹。"文革"期间,陈君励被强制到落鸦山种竹。

谢启功先生题赠墨宝

百家融汇开新体,一脉相承一帜扬。
学者书家真气质,千秋墨宝永流芳。

1978 年夏

故乡揭阳榕城印象

楼外青山烟景新,碧波绕郭绿如茵。
榕城到处浑如画,写入诗中更可人。

一九七八年新春画红梅

随意写来亦可亲,端的笔底好藏春。
喜看纸上梅花笑,便觉人间岁月新。

谢沈鹏先生为拙著题署《新盦集》续卷

承蒙宝字署新盦,笔冠群伦大气涵。
拙著当求精与善,相形自顾莫增惭。

赠潮剧名演员方展荣

丑艺传神负盛名,清声百唱万人倾,
而今一说柴房会,到处争夸方展荣。

广东潮剧院一团赴深圳演出,喜赠名旦之花吴玲儿

潮音一曲动乡思,犹忆璇秋色艺驰。
万掌声中今赞誉,名花又有吴玲儿。

汕头特区报创刊一周年纪念

实至名归赞特区,报林艺海一明珠。
喜逢改革迎开放,千里汕头现坦途。

贺张树人先生《香港回归百唱》结集

其一

百年耻雪明珠还,崛起中华展笑颜。
八十张翁诗叠唱,心潮如海气如山!

其二

百颂"回归"表挚忱,诗人爱国情何深!
笼纱杰作须珍重,刊与儿孙万世吟。

半边天

年来妹仔闯天涯,还比阿哥心计乖。
若问经营商贸事,半边天地敢摊牌。

榕江双溪明月

南浦歌声笑语和,双溪夜半客船过。
与君共赏三轮月,一在天心两在河。

赞沙孟海先生

沙氏声名天下重,人书俱老气方遒。
西泠一脉堪传世,代有风流谁与俦。

画梅兰竹菊四咏

红梅

海间霞彩日边来,笔揽云烟画卷开。
草木山川添气息,撩人最是一支梅!

兰花

画底盆兰也可亲，寥寥笔墨足传神。
谁知长者多深意，不为芳馨为式人。

墨竹

古今画竹何其多，善者谁人细揣摩。
画竹须知先"学竹"，苦心功力竞搓磨。

秋菊

徙出东篱入素笺，秋心不比寸心妍。
当年陶令今犹在，摩写丹青学后贤。

岩石八咏

香炉览胜①

渡海重来岩石游，春光此地四时留。
山环水迴多奇胜，极目香炉一览收。

青龙吐珠②

传说青龙此吐珠，气吞大海落天隅！
山添霞彩水添秀，岩石遂称名胜区。

桃源仙境③

桃花源里桃花开，应是仙源移此来！
更有朱楼连碧阁，依稀只道入瑶台。

龙泉洞天④

神州自是龙乡土，兀见石龙此喷泉。
何故斯龙潜洞府，人龙十亿气冲天！

春晖远眺⑤

游春喜得春消息,亭沐春晖春意长。
谁省韶华如逝水,杏园眺远趁春光。

烈士陵园⑥

英烈陵园傍海山,长留浩气在人间!
先贤伟业争相继,报慰冥冥动笑颜。

华园雅致⑦

园开锦绣漫评论,取次风光觅画痕。
雅致还称天外景,小华山上有华园。

石林陈迹⑧

海角石林播远名,空留陈迹最怆情!
劫灾十载乾坤乱,总付吟余作骂声。

【注】

汕头礐石为广东省政府宣布之省级风景名胜区。

① 礐石境内有峰峦三十四座,最高为香炉山,登上香炉峰,山光水色,尽收眼底。

② 礐石青龙山,底峰有三十米高之圆型礐石,历称青龙吐珠,系礐石境内名胜。

③ 峃石境内从庵柱山过猴岭不远有桃花洞，沿途红楼紫阁，风光甚美，尤其于春桃盛开之际，漫步其间，如置身桃源仙境。

④ 龙泉洞为峃石境内名胜，洞中有一名龙喷泉，涓流不息。

⑤ "春晖亭" "杏园远眺" 均系峃石境内名胜。

⑥ 峃石境内有汕头烈士陵园，园临海天，庄严肃穆，国务委员兼国防部长张爱萍亲为题匾。

⑦ "华园雅致" 在峃石小华山上，内有"春晖亭"、"听泉"等名胜，景中有景，盎然成趣。

⑧ 海角石林系峃石名胜，惜曾毁于十年浩劫，现正在恢复原状。

壬申端午诗人节有赋

其一

屈子沉江历百朝，忠魂每使国魂骄。
年年端午诗人节，诗动江河海涌潮。

其二

洪流滚滚喜今朝，改革神州国运骄。
随地诗歌千万首，心香和墨咏新潮。

乙亥年春节迎春诗会次韵诗僧释定持

（一）

雅集群英意兴长，笔歌墨舞溢心香。
我来折柳春风里，竞著诗鞭沐艳阳。

（二）

韵贺诗僧福寿长，砚田丰稔笔飘香。
佛门岁岁佛光照，瑞霭盈庭永向阳。

（三）

佛宴宏开雅兴长，春风入座吐谈香。
新诗数首明珠价，赠与高僧贡上阳。

（四）

贝叶梵僧佛语长，心中有佛意为香。
福田自古常栽德，应庇众生俱向阳。

（五）

百代花王艳誉长，堪称国色与天香！
空门不问红尘事，犹叹牡丹贬洛阳。

（六）

诗人自是爱心长，春到心头韵亦香。
共咏牡丹添瑞气，花开富贵凤朝阳。

（七）

诗鞭岁鼓庆春长，改革花开别样香。
南国潮来人意好，风光处处挹骄阳。

（八）

瑞岁汕头春泽长，海隅崛起竞花香。
芳名早列新都市，气象蒸蒸薄晓阳。

（九）

文明又建福根长，社会繁荣风气香。
新岁同敦真善美，金猪献瑞醉春阳。

(十)

壮年奋发许心长，花自心头开更香。
春雨于肩肩不息，普天芳草俱朝阳。

(十一)

阳春百唱寓意长，三叠曲高兰蕙香。
若问诗魂萦绕处，饶澄普惠揭潮阳。

(十二)

春灯射虎文心长，谜可连珠语氤香。
踢斗升冠皆是格，胸罗万象辨阴阳。

(十三)

泱泱诗国源流长，代有英华蕴异香。
岭海风骚谁管领？今年盛会在端阳。

(十四)

深感诸公惠爱长，诗犹芹曝献心香。
家园近岁文风盛，共发吟韬赴揭阳。

（十五）

贬谪牡丹故事长，花王富贵益芳香。
古都不再藏龙凤，拥载春风在洛阳。

（十六）

寒梅斗雪厌冬长，触动芳心暗弄香。
为感情深传信息，牡丹愿与醉春阳。

（十七）

东皇送瑞许春长，兰有幽芳菊有香。
我愿牡丹开四季，百花盛会傲彤阳。

（十八）

谁比水仙情意长，素心瓣瓣送清香。
殷勤为报春光好，洒月凌波浴早阳。

（十九）

吟坛角韵较谁长，诗待纱笼玉贮香。
文债罚将金谷数，由他沽酒到汾阳。

(二十)

新知旧雨寄情长，句可沁人发异香。
愿借他山求百琢，诗存正气有刚阳。

(二十一)

诗虽百读味犹长，天地融和百合香。
万物精华凝骨血，至刚柔处是纯阳。

(二十二)

壮岁求知路正长，为人誉重读书香。
源泉万斛藏深谷，云雾层中现太阳。

(二十三)

春来共许惜春长，喜有心花一品香。
但愿年年春不老，春光处处浴朝阳。

（二十四）

附释定持法师原玉：

> 社会和谐爱意长，爱家爱国发心香。
> 人人奉献光和热，日照丹葵葵向阳。

【注】

释定持（1922-1999），诗僧，中国佛教协会原理事，广东省佛教协会原名誉会长，汕头市佛教协会原会长，汕头岭海诗社原常务理事。

采兰行·访饶平云峰兰苑即兴赋七绝八首

其一

> 我欲云峰兰苑去，吟篇定作采兰行。
> 诗人气质兰相近，故咏兰花韵亦清。

其二

> 兰苑芳兰世所珍，驻骖正是赏花辰。
> 美人君子颜如玉[①]，魂魄凝香沁远人。

【注】

① 前人咏兰引自《离骚》，每以美人芳草为常语。君子是兰的美称，也是兰花的一种，俗称君子兰。

其三

以德论心共友兰，芳香蕙质满堂欢。
盆栽自应多珍重，莫作闲花野草看。

其四

闹市深山总洁身，种为根本气传神。
金茎玉叶催花放，蕙质天生最可人。

其五

兰蕙可亲亦可餐，芳馨且喜沁毫端。
吟笺不尽深深意，更写丹青仔细看。

其六

麝蕙英茗款客肠，诗经口颊韵流香。
殷勤借墨留深意，兰德素心不可忘。

其七

墨迹琳琅刻四厢,许随花气共流芳。
三饶自此添风采,谁不慕名到海疆。

其八

千年佳气氲芬芳,世纪前头丽日长。
世爱兰花人爱德,文明习尚日光扬。

春发榕城口占

南天秀色起江城,水上莲花别有名。
十万人家烟雨里,长街处处闻歌声。

岐山夕翠

百里驱车访古城,葫芦带水两峰横。
郊游最是岐山好,夕翠宜人在晚晴。

赠徐之谦先生

古篆金文心血注，犹从魏晋觅书魂。
重光国粹扬文脉，荣宝斋名世所尊。

1980 年

陈厚实同志赠普宁书画集口占

君住普宁吾揭阳，缘悭一面竟牵肠。
蒙贻贵邑丹青集，翰墨之情不敢忘。

1983 年 5 月

【注】
陈厚实（1943-1992），男，广东普宁人。中共汕头市委原副书记，汕头市政协主席。1982年夏，余从揭阳借调汕头，翌年正式调入汕头工作，1983年夏陈厚实任普宁县宣传部长时，曾题字托人送《普宁书画集》辗转揭阳汕头相赠。

揭阳榕江南北河建桥喜赋

出水葫芦两带飘，谁将霞彩化双桥？
长车自此通南北，一路欢声入九霄。

春夜车过流沙即景

轻车春夜过流沙,雾涺楼台罩薄纱。
灯火万家十里闹,新城崛起话繁华。

【注】
广东普宁县城原在洪阳镇,解放后改设流沙镇,今普宁撤县建市,市政府设于流沙。

有感善待他人与自身

岁月推陈世态新,和谐社会德为邻。
文明二字君须记,善待他人与自身。

温州妙果寺题赠

赋与人为善,与德为邻

佛在心中念最真,与人为善德为邻。
福田妙果君当种,赢得百年自在身。

心中有善莫彷徨

庄严佛座烁祥光,天镜常开泽四方。
祸福无非因德行,心中有善莫彷徨。

故宫中秋太和邀月

盛世中秋天下乐,太和邀月意何深!
嫦娥每有思凡念,宝镜常窥万姓心。

【注】
　　盛世中秋佳节普天同乐,故宫举办"太和邀月"意义何等深远!天上的嫦娥羡慕人间的幸福生活,到了中秋皓魄当空,月明如悬宝镜,嫦娥正在窥看人间万姓欢乐之心!

故　宫

一自春风入故宫,人民便是主人翁。
共寻史脉扬文脉,更写沧桑变化中。

重庆郑英材诗翁八十寿庆

诗翁八十气犹雄,口吐珠玑笔吐虹。
我绘丹青添雅兴,苍松寿石画图中。

赠友人调任史志办

写史当存正义心,偏私一点不能侵。
是非曲折悬明镜,千载昭人晓理深。

澳门回归十周年访亲蒙题赠对联墨宝

"百年外侮多荆棘，十载回归满路花。"
访澳亲人贻此对，教人怎不爱中华。

有 答

与诗从小便相亲，言简意赅语气新。
读罢能知情与理，写之犹不枉为人。

咏 兰

深峪芳兰移闹市，楼台点缀画堂春。
轻风暖日香依旧，留得素心不染尘。

丙寅夏张作斌同志将杨应彬同志病中所作诗见示口占

昔年幸悉杨常委，感我因其品格高。
若问他何多病痛，为国为民太操劳。

【注】
杨应彬系中共广东省委常委兼秘书长、中华诗词学会名誉会长兼广东中华诗词学会会长。张作斌系中共广东省委宣传部常务副部长，现广东中华诗词学会名誉会长。

海口海瑞墓感赋

（一）

海瑞声名传万世，官清最怕佞臣谗！
一生周折多遭罪，君侧几人口不缄？

（二）

四百余年棺盖定，安知列入斗批间。
挖尸掘墓虽平反，谁解清官命运艰？

纪念抗日战争胜利六十五周年

其一

血肉长城国有魂，八年抗战扫妖氛。
从兹走向复兴路，钢铸民心铁铸军。

其二

日寇侵华醒睡狮，八年抗日勒丰碑。
江山如画更如铁，傲视环球谁敢欺！

参观杜应强先生"榕颂"国画展

其一

半纪辛劳劲未松,南天绘尽万株榕。
峥嵘笔墨图千幅,乡土风情别样浓。

其二

古榕荫下牧牛童,妙笔神来诗意融。
谁省画图高格调,早藏三昧在胸中。

诗赞抗日儒将吴逸志

抗日驱倭明素志,将军爱国国之风。
长沙大捷昭天地,永载功碑史册中。

人民政协成立四十周年

（一）

人民政协为人民，风雨同舟四十春。
监督协商参议政，建言献策最情真！

（二）

一从改革唤春雷，大业辉煌国运开。
国是同商民主促，广开言路重人才。

（三）

调查视察众心齐，党政中心列要题。
民意市情常反映，殷勤建议望云霓。

（四）

由来民瘼易传闻，国是难将民意分。
处处关心民疾苦，委员献策最殷勤。

（五）

中华崛起赖群贤，风雨同舟情意坚。
四十年来肝胆照，写成爱国爱民篇。

（六）

民主由来系国魂，人民意志扭乾坤。
一心建设新民主，功业千秋荫子孙。

感 事

（一）

黄河九曲亦能清①，长者心中日月明。
岁月虚回来复去②，江山不改旧时名③。

【注】
① 古云：黄河尚有澄清日……
② 黄历中分六十甲子，岁时互相变换更迭。
③ 中华泱泱大国，数千年间虽历经战乱，中国就是中国。

（二）

世事凭谁说得清，载书每亦欠分明。
人心倘若循天理，正道谁知已正名。

（三）

清能变浊浊能清，印证人生天道明。
未愧良心皆实事，最无了奈是虚名。

参加第二十届中国兰亭书法节口占

（一）

山川毓秀聚英才，代有风流生面开。
此日中华逢盛世，兰亭雅集序重来。

（二）

兰亭胜事历千秋，曲水流觞叠唱酬。
盛世诗书堪合璧，新篇足启世人眸。

【注】

农历甲申年三月三日，余应浙江省绍兴市政府邀请，随同中国书法家协会、中华诗词学会组织的43位书法家、诗人参加第二十届中国兰亭书法节并于山阴"兰亭雅集"，在曲水流觞景点现场写诗作书，作品被编入由绍兴市文物局主编、西泠印社出版的《千古两兰亭》（即东晋《永和兰亭集》、现代《甲申兰亭集》）一书。

李汝伦诗集发行式听李汝伦先生吟唱即兴

百味人生诗意工,似听鸣凤与吟龙。
今虽结集逾千首,唱遍中华句未终。

1987 年

南澳陆秀夫陵园怀古

誓死勤王殁海隅,巉崖如血岛山孤。
至今雁叫云低落,似作长天吊祭图。

1995 年乙亥岁重阳节

咏北京新竹枝词十八首

(一)

艺苑春来唱竹枝,京华览胜颂新姿。
吟笺十八兴难尽,一处风光一口碑。

(二)

古都风物万千般,宫殿连云最壮观。
每向长安街上望,繁华景象系心间。

(三)

楼台错落入云端，绿树红花映笑颜。
眼底京华春似海，难分天上与人间。

天安门

(一)

民主共和帝梦销，连云宫殿认前朝。
只因玉带横金水，天上人间隔此桥。

(二)

于兹开国定乾坤，重振中华民族魂！
各族人民翘首望，心中永系天安门。

(三)

天安门上看今朝，花放人心分外娇。
万里江山如画美，四方建设涌高潮。

社区一瞥

姹紫嫣红春毓秀,车来人往逐流霞。
新区俨在花园里,喜鹊吱喳入万家。

内外城二十门

春明日下旧时名,二十都门内外城。
车马官民分走向,最多规矩帝王京。

故宫

骄奢淫逸帝王家,伦理纲常作面纱。
细数明清宫里事,几多秘闻令人嗟。

社稷坛

为祈丰稔岁时安,五色土称社稷坛。
自古民心系国祚,帝王多半等闲看。

真觉寺(五塔寺)金刚宝座塔

金刚宝塔座玲珑,细刻精雕艺最工。
妙在莲花生足迹,佛门奥秘任君穷。

太液池（即中南海、北海）

琼岛春阴太液秋，玉泉山水此中流。
金鳌玉蝀桥边立，白塔依稀荡碧涛。

西山

杏树香浓雾吐吞，西山避暑好乾坤。
动人最是霜初降，红叶满山秋有魂。

颐和园长廊观景

漫步长廊妙趣生，湖光山色眼中横。
四亭彩画逾千幅，戏出诗文任鉴评。

颐和园佛香阁

星拱瑶枢辉玉宇，排云殿上佛香腾。
人间宫阙蓬莱境，遂使名园声价增。

圆明园

（一）

景自江南入帝京，三园汇一作圆明。
奇观极尽人间巧，书史百年费述评。

（二）

联军兽火鬼神哀，旷世名园历劫灾。
异宝奇珍烧抢尽，空留断壁没蒿莱。

（三）

揪心恨史忍重温，唤起睡狮振国魂。
矢志兴邦谋伟业，中华民族傲乾坤。

乙酉岁杪，陈文惠诗友邮新韵诗五首见示，依其韵仿其意和之

游寺有作

京华几谒雍和宫，缭绕香烟灯烛红。
因向佛前祈百福，虔诚击鼓又敲钟。

古港沧桑

远轮航海客机飞，东里望中万户炊。
昔日红头船泊处，轿车载得外侨归。

【注】
汕头市澄海东里镇是广东粤东地区出入南洋各国的昔年港口，世称"红头船"港湾和"红头船"的故乡。

国兰

深山移植作盆栽，待到春来花始开。
玉骨金茎尘不染，芳香俱在素心来。

野菜、红薯

野菜红薯不属贫，多维营养最宜人。
充饥果腹当年事，国宴今为席上珍。

感题拙编《艺海集珍》

名家墨迹贮盈箱，情谊毋忘愧借光。
廿载殷勤筹结集，流传四海与三江。

附陈文惠先生原玉：

乙酉年冬澄海笔会杂吟五首，呈刘麒子诗家

游寺有感

老尼长守梵王宫，不记扶桑几度红。
笑看二三童子戏，菩提树下学敲钟。

【注】
扶桑花，又名佛桑花。

古港沧桑

当年鸥鸟傍帆飞，海港喧阗万户炊。
曾是青波船舶处，小溪泗水鸭儿归。

参观"远东国兰",时兰花未开

兰棚蕙架玉盆栽,九畹青青花不开。
蝴蝶未逢蜂未见,且留香气待春来。

野菜红薯

疗饥野菜不疗贫,紫芋红薯广救人。
数物从来穷者饭,惊奇忽变酒家珍。

刘麒子先生筹备出版《艺海集珍》感赋

藏珠积玉已盈箱,珍重开函桂魄光。
三五天心一轮满,清辉分与照双江。

【注】
刘麒子先生《榕江双溪明月》诗:"与君同赏三轮月,一在天心两在河。"

静夜思

雨后方知花有泪,夜来始觉月多情。
遥空寂寂双星照,天上人间心欲倾。

赠蔡湘源君

无愧平生足丈夫，雄才未必有雄图。
如君厚实真君子，梓捧乡贤邑捧珠。

步韵和丰顺旅台乡贤吴觉生赞吴逸志将军

（一）

骨肉牵萦六十秋，几重云海几重忧。
天桥已待通台峡，父老心中有暖流。

（二）

拜读诗文气谊连，天涯远隔亦怡然。
餐珠啜玉公犹健，自古名山别有天。

（三）

腥风血雨旧春秋，三捷当年分国忧。
侵略扩张终失败，和平正义是潮流。

（四）

由来爱国把心连，纵隔千年理亦然。
一纸诗笺聊祭祀，遥吟可动九重天。

读萧耀堂先生邮赠诗集

明珠串串质晶莹，鸿雁来时心已倾。
我捧胸前千百读，一声一字见高情。

【注】
萧耀堂系广东省政协副主席兼中共广东省委统战部部长、广东中华诗词学会会长。

赠阳春诗词楹联学会

一自风骚扬正气，国魂千古系民声。
年来滚滚诗潮涌，变化沧桑骋远程。

【注】
自从有了《国风》和《离骚》，诗歌便凝结着国家的魂魄和人民的声音。随着沧桑的变化和历史的发展，年来诗歌如潮涌起，滔滔滚滚，歌唱时代与未来，激励人们朝着远方前进。

香港展览中心

1997年7月1日零时整香港回归祖国，中华人民共和国国旗第一次在此升起，中国恢复行使主权的隆重交接仪式于此举行。

其一

洗刷百年奇耻时，米旗降换五星旗！
中心傲立于香港，赤帜飘扬万国知！

其二

中心展览多珍品，史鉴殷殷喜与悲！
百载辛酸今已矣！孤帆落日送英夷。

香港半岛酒店吊杨虎城将军

其一

客来半岛动心旌,凭吊当年杨虎城。
兵谏便知轻一死,人生难得是声名!

其二

将军爱国留英名,遇害神州俱不平!
今日香江花怒放,紫荆入韵语铮铮。

香港回归祖国参观港督府感赋

其一

昔日曾来港督府,虽宽眼界却蒙羞。
游韶更选回归日,情景交融入客眸。

其二

英舰跨洋肆入侵,强权掠夺失人心。
回归既卜迟和早,港督当聆正气吟!

铜锣湾天后庙书感

其一

泽荫一方天后庙,避风塘是铜锣湾。
而今地铁名天后,变幻沧桑见一斑!

其二

戴凡昔日建神庙,船只如云泊海湾。
今日层楼环岛屿,穿梭车辆去犹还。

客京中承李文朝将军赠《百位将军书法集》感赋

(一)

京华万里路迢迢,朋辈牵肠笔墨骄。
赠我将军书法集,至今犹忆李文朝。

(二)

宴请情殷口齿香,将军难得诉衷肠。
愿凭笔墨敦情谊,共向诗坛放眼量。

2006 年夏

赠岭南诗社揭阳分社

东粤雄风气象开,笔歌墨舞万千回。
家园建设人心醉,如画如诗入眼来。

春 兰

欲醉春兰怯夜寒,暗弹珠泪落阑干。
多情似与曾相识,莫怪重逢细细看。

次韵陈作宏吟长贺林粉容荣任岭南诗社揭阳分社社长

(一)

老梅含笑岭头开,更有夭桃伴岁回。
万紫千红春十足,喜人景色入诗来。

(二)

盛世家园气象开,吟潮激荡雄风回。
千歌百唱新时代,佳句皆从心底来。

附揭阳诗社社长陈作宏原玉：

好是繁花带露开，吟坛更喜报春回。
榕江后浪催前浪，化作诗潮滚滚来。

辛卯端阳诗人节深圳喜会林峰、翁寒春等诗友

（一）

新知旧雨聚鹏城，又写端阳百感生。
时代催人同进化，莫忘风骨与骚情。

（二）

笔扫千军攻百城，得书万卷气横生。
山呼海啸伴吟咏，韵协天台龙凤声。

（三）

豪吟浪咏动鹏城，笔墨情痴爱念生。
此处纵横逾百里，美人芳草盼留名。

【注】
古云百里之内必有芳草。

辛卯春广东中华诗词学会诸老粤东采风纪兴

（一）

春风作伴来潮汕，一路欢声笑语频。
三市新颜能醉客，笔歌墨舞是诗人。

（二）

诸老行吟莅粤东，共将情愫寄诗中。
笔蘸潮汕三江水，写下和谐盛世风。

赞刘海粟先生

刘老此生半坎坷，中西画注心血多。
文明一帜八方仰，盛世因之唱赞歌。

1979年秋于南京

辛卯之夏吉旦作深圳之行，一片繁荣太平景象，犹思近岁八方之旅所见皆赏心悦目，乃识一绝

笔底山河拥百城，四时春色伴歌声。
安居乐业升平日，写下和谐盛世名。

应香港诗词学会会长林峰先生赋诗作书之邀口占

书山墨海傍诗城，时发龙吟虎啸声。
大地为笺三万里，倚天挥洒寄豪情。

辛卯夏次韵香港诗词学会新任会长唐大进先生八唱

（一）

欲挑春雨砚池边，谊结鹏湾每粲然。
细品高山流水调，缘铭史册万千年。

（二）

鹏城仅在故园边，魂梦京华亦畅然。
翰墨缘深成密契，名山一脉不知年。

（三）

我客京都天阙边，子居海角两茫然。
电来欲问平安否？端觉一天如数年。

（四）

学海茫茫不到边，浅深难测每凄然。
天公悯我当长寿，再搏光阴五十年！

（五）

艺海鹏湾几访贤，缘深往返不言钱。
多情似我多诗债，每骋游轺泛客船。

（六）

君爱诗书且爱贤，重情重义贱金钱。
擎旗结社扬文脉，奋进中流共一船。

（七）

集珍一册赠乡贤，自古名流厌说钱。
艺海而今互勖勉，看君抖擞竞飞船。

（八）

文事由来唯敬贤，不关权势不关钱。
曾游西湖余诗债，约骋吟骖醉画船。

附唐大进先生原玉：

辛卯夏刘公麒子老师惠顾鹏城并贻《艺海集珍》一书，草成先韵两首：

（一）

我欲乘风星斗边，程门立雪自端然。
樽前一席古今论，如坐春风三十年。

（二）

潘岳如江绣虎贤，刘公万选恰青钱。
一成艺海集珍册，胜过米家书画船。

辛卯初夏游北国江南黑龙江肇源莲花仙子湖即兴

（一）

湖水连天仙女家，曲桥绿沼尽莲花。
莲花道是仙姬化，不见真容我亦夸。

（二）

谁把江南移北国？仙姬出浴化莲花。
碧波十里春犹醉，天簇云霞笼薄纱。

参观黑龙江肇源博物馆

肇源塞北江南境，出土珍稀宝纵横。
古代文明催进化，换来发展与繁荣。

题赠岭南诗社《春潮集》卷首

其一

岭南盛世领风骚，遍筑诗坛意气豪。
时代新声吟不尽，春潮滚滚浪滔滔。

其二

廿载吟坛育茁苗，清声百唱岭南娇。
更歌时代日飞跃，脑海诗心起浪潮。

黑龙江肇源出河店古战场怀古

（一）

此是当年古战场，奇兵破敌如驱羊。
三千十万惊天数，以少胜多史颂扬。

（二）

三千猛士虎威横，夜破辽军十万兵。
铁马冰河余胜迹，如今勒石睐客行。

题余少良先生诗画集

能诗善画称双绝，雅誉如今满汕头。
巨帙编成扬国学，许承文脉傲春秋。

七言律诗

咏蜂窝煤炉

应是成材百炼工，犹从水火识英雄。
惜因未遇胸曾郁，好在时来窍亦通。
剖腹无非求吐气，抒怀每自欲临风。
平生愿为万家食，一片丹心至死红。

岩石登临

岩石登临神早驰，空山雨霁晓晖时。
迎春杏吐千枝艳，供眼霞呈一瞬奇。
蝶恋花峦如有语，莺啼柳壑似催诗。
风光着意勤留客，别样情怀只自知。

1960 年春

同傅庚生教授游青海湖

三月高原春意张，青青草木尚微霜。
湟湖冻解来生气，祁岭花开着艳妆。
丽日疑从海底出，寒风怯向天边藏。
怡人景物添诗兴，激荡胸中傲啸忙。

冬夜求读风雨敲窗，黯然成一律

少慕成材心有余，十年苦读志如初。
焚膏继晷锲求著，呵冻篝灯粗作书。
透骨寒风欺破袄，敲窗暴雨袭茅庐。
前人万卷知难得，我辈寸心故不疏。

1960 年冬

书 感

沧桑变化到今多，造物将如人力何？
匝地云霞横巨作，漫天烟墨放豪歌。
八千瀛汉鸣雷电，六亿舜尧沐日波。
为振中华图不朽，万山崖石作刀磨。

1961 年于广州

画 马

厌将梦幻话人生，忍送朱颜镜底行。
止水言怀皆泛泛，壮心比铁亦铮铮！
之形路径因多曲，梦觉头颅却倍醒。
画得临风千里骥，胸中似有马嘶鸣！

怀南宋女词人李清照

豪言巾帼胜男儿，人杰鬼雄乃所期。
雨骤风狂残酒后，兵征马战乱离时。
新亭有泪魂牵国，底事无情怨匦诗。
一集吟笺英气在，悠悠千载傲须眉。

夜阑感事，辗转难寐，抚枕低吟，遂成一律

年来踪迹费评思，沧海横流自笑嗤。
意气如刀磨渐利，文章似玉琢方奇。
条条已悟非三昧，本本知难解百疑。
始信求真当务实，夜阑抚枕细吟诗。

屈 指

癸丑冬客陇入蜀，大雪中单骑数百里，马上偶成一律

大雪纷纷难辨踪，荒原日暮觉途穷。
但随老骥收缰足，偶入浮云转首空。
人为路遥心似箭，马因鞭痛快如风。
行程屈指千嶂外，不是区区百里中！

戊午书感

己酉冬与揭邑林彦叟捡字敲诗钟，一至七唱成三百余联。复将所捡"行、至、百、华、连、度、以、而"八字成一律。

行迹天涯近廿春，至今落落亦怆情。
百年一业知何适？华发几根感不胜！
连岁家贫儿女怨，度生道浅戚朋嗔！
以文自叹难糊口，而我偏为文化人。

【注】
时未平反，为剧团写戏剧幻灯字或画鸡鸭蛋糊口。

柬陈君励先生

英词舒啸锵金石，巨笔挥烟助壮观。
宝墨三奇传后进，金瓯一集占先端。
人凭正气露头角，谊唯丹心照胆肝。
古邑春深诗意好，邀君百唱共君欢。

1962年3月

【注】
陈君励（1929-1989），男，揭阳名士，曾任职于揭阳文化馆，尔后执教鞭。反右及"文革"时每被冲击，至上世纪80年代始获平反，未几即病逝。其诗书画兼能，书法尤突出。书学赵之谦、何子贞、郑板桥，俱见功力。世谓三奇。

晨起公园赏花，慨春至春归，黯然有作

一夜东风吹绿沼，半溪春色锁红梅。
千条弱柳烟初动，万朵芳兰艳已摧。
物理由来难逆转，韶华逝去不能回。
有谁留得春常住，心上栽花要快栽。

1963 年

游岩石纪兴

羁旅我来游岩石，黎明喜有鹊相呼。
出门不负登山兴，著句难忘渡海途！
水漠连天堆闹市，电轮破浪走流驹。
万峰俯仰扶初日，纳入胸中作画图。

1965 年

参观大北山革命老区

老区名字烁斑斓，革命回看百战艰。
一自东征燃火种，卅年斗敌惩凶顽。
围攻日伪传佳话，解放潮梅展笑颜。
大北山今新气象，依依指顾几登攀。

癸卯新盦集结集，以词韵作一律自律

极爱写诗如画图，诗中情味画难如。
寥寥笔意多含蓄，隐隐风光半有无。
贯眼山河今胜昔，投怀景物已非初。
诗藏生活深深处，莫以诗人每自居。

戊申秋柬友

叶落庭前又一秋，可怜岁月竟如流。
因追往事伤无妄，漫写新诗逐乱愁。
句上长城豪语在，梦中古塞故人游。
秦川倘许同驰骋，厌向西风倦倚楼。

丙午秋悼亡友

其一

数载同窗南北分，无端此日赋招魂。
芳心有待曾怜我，孽债难偿竟负君。
梦断西湖空水月，肠回北阙旧诗文。
惨然纸上声声泪，此刻冥冥可一闻？

其二

梦觉伤怀犹忆君,诗笺拟作纸钱焚。
情萦北国丁香泪,路曲南天燕子魂。
逝去奔潮空挟恨,归来倦鸟竟离群。
悽怆几欲作长哭,只恐泉间不忍闻。

柬友述怀

"双百"苏人事笔耕,思从马列壮心萌。
文章济世求全德,道义于肩竭悃诚!
晓日投怀来画卷,春潮伴我作诗鸣!
名山一业铮铮格,腕底风雷动有声!

有寄

独怜天籁作长吟,击节高山流水音。
眼角烟云皆俗物,怀中大海是胸襟。
百年醒世因科学,千载怡情在艺林。
愿抱诗心真善美,人生苦旅寄微忱。

【释文】
　　我独爱大自然的天籁之音并用之作诗永远歌唱,读到类似的诗就会击节而歌,像古代钟子期与俞伯牙高山流水感知音的故事一样。世上烟云过眼都是庸俗的东西,心怀像大海一样宽广才是真正的胸襟。百年来使人觉醒因为有了科学的进步，千载间怡情还是在艺术之林。我愿抱着真善美的诗心，在人生曲折艰难的旅程上贡献微忱。

平反柬友述怀

少慕成材心似铁，洪炉百炼火犹红。
诗行偶闻弓鸣壁，萍梗曾经雨挟风。
有路书山千仞峻，无涯学海万帆通。
此身愿作长江水，曲折迂回总向东。

寒梅赞

　　梅花誉为国花，傲雪传春，品格高标，风神独占。余少爱梅花，喜种梅、画梅、咏梅，以梅为友，数十年如一日，籍惬素心，1977年岁暮将春，有感于寒梅，乃成一律。

驿外桥边冷气摧，讴吟不忍染尘埃[①]。
深情喜解花间语，浅梦惊呼岭外雷[②]。
廿载诗心怜素月，一生画癖爱寒梅。
东风入夜催春讯，傲雪凌霜破晓开。

【注】
① 宋陆游《卜算子》词有"驿外断桥边，寂寞开无主。已是黄昏独自愁，更著风和雨"和"零落成泥辗作尘"句。
② 岭外指五岭之外，句中意指打倒"四人帮"的喜讯。

辛亥秋柬呈朱庸斋先生

萤烛未光感不禁，牛蹄无尺费沉吟。
持身洗耳求良药，搜益枯肠见慧心。
去去韶华警学子，涓涓流水觅知音。
春风时雨旧相识，诱液薪传不费寻。

拙作入编《岭海诗词选》感兴

词海诗林数十秋，五洲四海骋吟眸。
浮沉世事频添慨，苦乐人生厌说愁。
笔墨情深存正气，友朋谊重结良俦。
名山路上同圆梦，万卷千篇意气遒。

广东汕头海滨初夏清晨即兴

春潮滚滚向天涯，东绕鮀城百万家。
十里通衢堆胜景，百年闹市竞繁华。
特区随处皆佳果，科技满园尽艳葩。
啸海我来迎晓日，喜看金凤浴晨霞。

1966 年 5 月于广州

作诗偶感

语忌狂吞字紧咬,诗成且等细推敲。
神思每企追苏轼,韵味还须学孟郊。
至北至南天上鹤,行云行气海中蛟。
山山水水归胸臆,造化薪传莫枉教。

1967 年秋

舟过浔阳遇雨感作

浔阳又过浔阳楼,棹入浔阳雨不休。
浪涌才惊风势急,潮平渐觉水声幽。
庐山云散欣迎日,石峡礁多恐触舟。
谁省渡河如处世,一时欢喜一时愁。

1967 年夏

南来奉题画家黄胄西藏春晓图

冬去高原云霭清,强巴负轭携牛耕。
雪花喷气野花白,油土流香沃土平。
满地青稞贪夜发,连天绿野向阳生。
春来西藏兆丰稔,酒满金杯喜共倾。

1969 年秋

国庆、中秋抒怀

欣逢国庆亦中秋，我欲抒怀笔更遒。
禹甸逐年臻福境，瀛寰无不誉神州。
中东局势添遐想，北美风云纵远眸。
但愿婵娟长作伴，清华如镜照心头。

戊寅诗人节雅集吊屈原

一从屈子投江后，岁岁端阳赋悼亡。
国铸忠魂余正气，诗浇热血见刚肠！
洪流已洗山河怨，雨露今滋翰墨香。
万众高歌齐赞颂，中华崛起立东方！

从山东过黄河兰考等地水灾感赋

又从齐鲁下中州，何故牵肠动客眸。
白发非惊天地老，黄河却系古今愁！
开封城阙低潮汛[①]，兰考庄园陷浊流。
两岸黎民犹岌岌，禹功虽远莫忘筹[②]！

【注】
① 据《河南省情》：开封市区地面比黄河河床低七米，洪水期市区龙亭地面比黄河河床低十一点七九米，黄河已成"悬河"之势。
② 史载大禹治水建成龙门堰，把洪汛稳定下来。

鮀滨晓望

鮀滨日出海霞骄，金凤花红映碧潮。
树簇楼台含晓气，钟传校舍育新苗。
三江水暖鱼龙跃，万国船来彩帜飘。
望里烟岚千迭翠，汕头胜似画中描。

打倒"四人帮"柬廖沫沙先生①

十载劫灾痛切肤，艰难步履未迷途。
如添白发三千丈，便负天生七尺躯！
共望中兴存鼻息，非甘下贱保头颅②！
翦除"四逆"驱霾魅，喜构南疆京望图。

【注】
① 廖沫沙（1970-1991），湖南长沙县干杉乡人，原全国政协常委，北京市政协副主席，"文革"期间受到严重摧残迫害。
② 宋陆游诗："我生非下贱，不忍保头颅。"

题霍理史森集卷末

丹麦例俗，父母生育子女，至入学年龄生活费用即由国家负担，子女长成也不再担负有照顾、赡养父母的责任与义务，父母退休后则由国家供养。因此，不少家庭亲缘关系淡薄，子女视父母如同路人。学者霍理史森出身寒微而不自消沉，著论立说，奋求追取，为娶妻得子而历尽艰险，竟成残疾，至暮年晚境萧条，凄凉寂寞，便是一例。

寰宇秋云几变更，斯翁半世苦经营。
忙求著述留千卷，却为子嗣误一生。
白手虽成门户史，黄金岂买天伦情？！
西方自诩文明甚，陋俗何人倡不平！

参观汕头大学喜赋

爱国同胞助运筹，新型大学建蓬洲。
校园万亩罗宏构，学子千名豁远眸。
业绩争先当懿范，师资竞欲列前流。
如今桑浦鮀江畔，绿遍青山日满楼。

春日喜赋

久因春雨惜春晴,春满神州春景明。
春树花繁春鸟闹,春江水暖春潮生。
春臻喜乐年丰足,春毓祥和岁太平。
愿借春风催四化,春光永驻映红旌!

悼念张济川先生

汕头忽报坠文星[①],痛撼骚坛寰宇惊。
数十年间扬汉粹,几多国度结诗盟。
新声醒世天声振[②],老气横秋正气萦!
今日吊君虽永诀,冥冥料又竖吟旌。

【注】
① 张济川先生原籍广东省潮安县庵埠,新加坡全球汉诗总会会长。病逝于汕头,享年七十六。
② 新声句一指新时代的诗词,二谓张济川先生在新加坡创办的新声诗社起着推动社会进步之作用。天声振指中华诗词的影响越来越大。

扩大改革开放，喜赞汕头经济特区

改革欣同开放秋，特区建设奋登楼。
雄图逐日添新景，大业明时具远谋。
声誉频招万国客，规模足启四方眸。
辉煌岁月光青史，海拥晨曦看汕头。

癸卯初秋清晨云雾中偕诗友乘电轮渡海游岩石即兴成一律

惊涛拥日怒云驰，晓雾迷帆入港时。
东径横斜西径转，南山仰卧北山移。
羁游不负三年兴，渡海犹余一瞬奇！
最是心潮翻覆处，此情唯有浪花知。

甲子秋游西藏大草原客藏居感赋

藏家做客此情长，一骋游怀身渺然。
帐汜霜寒来猎犬，野连空碧走牛羊。
回潮鸟语知天暮，归牧情歌送夕阳。
何故低头添怅惘，风殊俗异忽思乡。

重读陆游钗头凤词感赋

天教世事可由人,不至姻缘慈母嗔。
一枕春痕疑是梦,两番梅讯却伤春。
河山不忍新亭泪,风雨谁怜古驿尘。
错错声声空蓄恨,读之共为泪沾巾。

中年

中年壮志未消沉,偶有新诗寄意深。
回首难忘途百曲,登高不惧仞千寻。
因怜翠竹凌云节,愿抱丹葵向日心。
莫道鸡鸣犹起舞,临风每作远征吟。

【释文】
虽然人到中年,但壮志没有消沉。偶然写起新诗来,更寄托着积极进取的深意。回头总结数十年曲折的人生历程真是难以忘怀,继续前进中哪怕有千寻高山,也将毫不畏惧,奋力攀登。我喜爱翠竹,因爱翠竹凌云之节,我喜爱丹葵,愿抱丹葵向日之心。莫说古人黎明就起来舞剑,我每临风长啸。高吟到远方开拓一番事业的豪篇。

广州花县官禄洪秀全故居有题

人杰揭竿因乱世,既非天帝亦非龙。
黎民疾苦曾充眼,时运机缘早在胸。
惜乏宏纲循正轨,急图宝座娄加封。
天朝血影刀光尽,史镜殷殷忍辨踪。

游广东潮州祭鳄台

扰民鳄害久成灾,刺史逐之出海隈。
昔日祭文光史册,后人仰德筑斯台。
兼怀治水兴农事,并颂倡儒育俊才。
千载淳风佳气蔚,盛传邹鲁徙海隈。

庚申夏游澳门,读澳门白鸽巢公园故事

谁将白鸽巢公园,视作清闲好地方。
怪石嶙峋含煞气,荒岗萧肃乱刚肠。
留航得句因潮涨,石屋观星厌月光。
无数欧人埋此处,婆萝蜜树话沧桑。

【注】
清代诗人汪慵叟竹枝词云:"尚记留航生句好,拟寻石屋试观星。"

癸丑游澳门普济禅院（又名观音堂）

大汕空门称普济，反清却又蓄青丝。
雄心叵奈因关禁，忍气谁怜再钵依。
宝镜照人心可见，莲峰浴水月如眉。
高僧自应名禅院，三百余年有口碑。

广东江门市郊谒陈白沙祠

江门我谒白沙祠，峻拔玲珑碧玉姿。
四柱三楼檐斗拱，千篇万卷匾联碑。
文章乐自参禅得，书法精于动静窥。
砚底茅龙云海去，可追神韵探珍奇。

【注】
陈白沙（1428-1500），原名献章，号石斋，广东新会人。因居白沙里，门人称为白沙先生。理学家、诗人、书法家。

游广东湛江湖光岩即兴

十里湖光挹晓岚，慕名几度骋游骖。
诗吟绝胜多豪兴，寺羡高僧最健谈。
天地时添奇景物，江山代有好儿男。
扪碑犹斥当年事，贬谪李纲到海南。

【注】
湖光岩在广东湛江市西南，是约于一百万年前形成的火山湖，湖宽八里，水深六丈余，大旱不枯，久雨小溢，山环树拥，有古刹"楞严寺""白衣寺"建其间。宋名相李纲贬谪海南时曾流连于此，并题湖光岩三字刻石，今尚保存完好，并有多处古今骚人墨客之题刻。改革开放以后，重建若干景点，园林亭榭，依山傍水，又添一番景象。

海南谒五公祠

我来景谒五公祠，三李赵胡英伟姿。
俊彦都遭谗佞误，奇才唯有世人知。
天涯谪贬为廉吏，海角启蒙作导师。
倡德兴农冤可洗，至今岛上有丰碑。

【注】
五公祠在海口市东南十里，又名海南第一楼。内供：
唐李德裕(787-850)，字文饶，今河北赵县人，为唐名相李吉甫之子。任唐文宗至武宗期间宰相，封太尉赐爵卫国公。武宗驾崩，宣宗即位，听信谗言将李德裕贬为潮州司马，刚抵潮州又改贬崖州司户。郭沫若称其为"开拓海南的先驱者"。

李纲(1085-1140)，字纪伯，出生于福建，史称二朝贤相，宋朝廷南移至临安(今杭州)后，力主抗金，支持宗泽、岳飞。后宋徽宗因听信谗言，以"擅自招兵买马"之罪罢其职贬澶洲，即今海南省陵水。

李光(?-1155)，字泰发，赵州上虞人，宋高宗绍兴初年官拜参知政事，被秦桧诬陷贬于海南，先在琼州，后贬儋州，李怡然自得，居处称"无倦斋"。历代贬海南诸名臣中，李光居海南时间最长，达二十年之久。

赵鼎(1085-1147)，字元镇，山西闻喜人，宋高宗时两度为相力主抗金，恢复中原。绍兴八年被秦桧诬陷，贬置泉州，后又贬清远军、潮州安置，南宋绍兴十五年(1138年10月)再移贬吉阳军(今海南三亚市)。

胡铨(1102-1180)，字邦衡，江西卢陵人，历史学家。宋高宗时任枢密院编修官，南宋主战派之中坚，上书求斩秦桧、王伦被贬谪为福州签判，绍兴十二年被革职流放广东新兴县，六年后再贬今三亚市，于海南为黎族同胞办学育才，传播中原文化。

广州五仙观听民间故事感兴成一律

  五仙降落十贤坊，彩色衣裳谷穗扬。
  和气由来添吉庆，勤劳自可解饥荒。
  贪官损德遭横祸，寒士凭才度小康。
  人乐岁丰臻福境，羊城百姓最荣光。

参观海南琼台书院旧址（今海南师范学校）

当日焦公建此院，因怀丘浚苦心萦。
兴琼镇海立宏旨，治学培才育俊英。
各族儿郎皆雀跃，万千子弟趁鹏程。
今来我访奎星阁，似闻吟龙舞凤声。

甲子岁游广东潮州韩文公祠感赋

吾仰退之如日月，声名千载响如雷。
治农除瘴驱鳄害，兴学倡儒向贤徕。
正气堪惊神鬼泣，天心忍屈栋梁才。
潮人自古知恩义，山水姓韩亦壮哉！

【注】
古代为纪念韩愈，潮州之山改为韩山，水改为韩江。

赞深圳经济特区

鹏城奋起写春秋，改革途连社稷谋。
开放坚持擎赤帜，拓荒哪怕作黄牛。
尖端软件常供眼，广厦通衢一望收。
窗口桥梁功果大，特区名气播全球。

谒海南丘浚故居

可继于今义不同,昔因香火今文风。
神童誉自聪贤出,圣论名归衍义功。
自古才高都厚实,当时位重独贫穷。
君留巨笔化时雨,合趁中华春日融。

【注】

丘浚(1419-1495),故居在今海南琼山县,名"可继堂"。堂为其祖父命名,意在儿孙继传香火之谓。丘浚幼年聪敏,当地誉为神童,官拜礼部尚书,文渊阁大学士,后升少保兼武英殿大学士,户部尚书。晋升越年即逝世,赐特进左柱国大傅,谥文庄。

丘浚生活俭朴,死后遗产只有图书数万卷,其代表作为《大学衍补》,被当时学术界称为"益论"。书中对政治、经济、文化、教育、司法、军事等方面博采众说,并有卓越见解。他提出的劳动决定价值的经济学观点,比英国古典学派创始人威廉·配第在十七世纪六十年代提出的劳动价值论早一百七十四年,是我国在十五世纪经济思想的卓越代表人物,在中国封建社会后期的经济思想中具有较突出的地位。

海南儋县东坡书院怀古

驱车览胜天涯路,儋县流连书院中。
亭榭闲观碑刻美,殿堂景仰画图雄。
如瞻课学思夫子,偶话爱民忆髯翁。
一代贤才余德泽,归途我唱大江东。

海南崖县黄道婆故居有作

道婆流落水南村，纺织之乡艺暗温。
四十年间探奥秘，三千里外返家门。
师传技艺兴工业，发展棉纱振国魂。
沪上人民常念念，勒碑塑像纪功恩。

【注】

黄道婆，松江乌泥泾镇（今上海华泾）人，八岁当童养媳，因不堪忍受家庭虐待，背井离乡流落至海南崖州水南村。该地历来为黎族纺织之乡，她寄居此处四十年整，专心致志学习、探索纺织技术并作多项工艺的改革创新，回到松江(上海)后，在各地传授技艺，兴办纺织厂，使上海六百年来纺织技术经久不衰，日趋兴旺，为中华民族争光。新中国成立后，中国科学院因黄道婆对我国纺织工业的伟大贡献，塑其全身像并立碑纪念她，其家乡江苏省政府文管会将其墓地重修建成墓园，并将黄道婆水南村故居和水南村载入我国纺织工业史册。

辛巳于海口驱车游三亚天涯海角，夜宿鹿回头

天涯未必路迢迢，车到三亚半日遥。
眼底白帆追野鹭，海滨巨石立狂潮。
村余旧貌观民俗，城换新风见市招。
看鹿回头留宿处，笙歌夜上九重霄。

乡寄

家园喜气满江天,父老共欣大有年。
谷熟争传春酒美,蟹肥竞说菊花鲜。
榕江似向胸间淌,揭邑如同画里妍。
客外中秋佳节到,遥知月是故乡圆。

海南儋县白马井镇怀古

将军留守古儋州,踏浪屯兵水倒流。
马踢泥沙泉涌井,潮催积淤海浮洲。
千年古镇光琼岛,百里渔场启世眸。
百姓诚心香火盛,伏波古庙祀春秋。

【注】
　　马援(公元前14-公元49),东汉初扶风茂陵人(今陕西兴平)人,字文渊。新莽末,马援为新城太尹(汉中太守),后归刘秀,参与灭隗嚣战争,任伏波将军,封新息侯。东汉初曾带兵于儋县驻扎,当地天气炎热缺水,马援之坐骑用前蹄踢泥沙,有甘泉涌出,其余地方虽挖掘多处皆咸不可饮,当地渭之为白马井。后于沙滩中积洲建白马井镇,此井至今仍于镇中泉涌不竭。后人于镇中建伏波长街,伏波将军庙,四时祀之,香火不断。

偶 感

杏眼才看枝上苏,蝉声忽又噪庭榆。
流光掠面愁难免,好景宜心兴不无。
宠得春风随意笔,临来秋水接天图。
江山浩气宽胸次,岁月怡情岂丈夫?!

1976 年夏

夜读诸葛武侯兵书感赋

千年秘笈去尘封,细读灯前觅史踪。
俊杰虽从时势出,雄图却奈甲兵重。
曾闻北麓多鸣凤,不止南阳有卧龙。
但使神州长一统,古今黎庶俱欢容。

1978 年夏

诗呈习仲勋同志

十载劫灾悸尚存,常开史镜不辞烦。
资修隐患虽无妄,封建余波究有源。
动乱惊添民疾苦,升平感念党功恩。
于今改革年情好,如望云霓德政敦。

1980 年春于广州

瞻拜广州黄花岗烈士陵园

庄严肃穆黄花岗，浩气长存誉八方。
烈士丹心辉日月，中华赤史证兴亡。
风云岁月沧桑变，锦绣山川装扮忙。
南国而今新景象，花城如画抱晨光。

1980 年春

【注】

广州黄花岗烈士陵园是辛亥"三二九"之后殉难七十二烈士墓地。孙中山先生自1894年创立兴中会起到1911年共发动十次武装起义，其中规模最大、最为悲壮就是这一次。它成为辛亥革命之前奏，在中国革命史上写下壮丽的篇章。

广州六榕塔即兴

六榕花塔寺流芳，名士此间享誉长。
王勃书碑成至宝，东坡笠屐耀禅堂。
重修古刹城添瑞，细数浮屠寺烁光。
我借珠江调墨韵，丛林把笔畅诗肠。

1980 年春

【注】

六榕塔始建于南朝梁大同三年(537年)，时因梁武帝萧衍之母舅沙门昙裕，于柬埔寨求得佛舍利带回广州，广州府刺史萧裕建造此寺供奉。寺至今藏有唐名士王勃经江西南昌滕王阁作《滕王阁序》之后，途过广州客于寺中所书《宝庄严寺舍利塔碑文》三千余言。尔后王勃南渡溺水而死，此遗墨成为世之瑰宝，并有宋苏轼遭贬南来经广州时所绘笠屐图像。

广东揭阳仙桥桂竹园岩写景

烟岚紫陌望中骄①，榕水分流荡碧潮②。
十里山光萦胜迹，半溪春色系仙桥③。
洞藏幽涧洌泉美，树簇斜坡花果饶。
桂竹园岩重纵眼，晴晖绚绚稻香飘。

1980年春

【注】

① 紫陌为揭阳市南面的紫陌山，亦称南山。"紫陌晓烟"是揭阳古八景之一。

② 榕水即榕江，为粤东韩、榕、练三大江河之一。

③ 仙桥在揭阳城南面，风景秀美，山光水色，奇岩幽涧，林木葱郁，其中尤以桂竹园岩更引人入胜。

咏广东揭阳

古邑堪称水上莲①,亭亭玉立逞娇妍。
北山翠色分屏障②,南浦歌声动管弦③。
道路纵横连汉渚④,楼台错落接云天。
榕江东去迎初日,十万人家沐晓烟。

1982年夏

【注】
① 揭阳地处榕江中游,揭阳城古有水上莲花之誉。
② 北山指揭阳黄岐山。"岐山夕翠"为揭阳古八景之一。
③ 南浦指揭阳城南河。"南浦渔歌"为揭阳八景之一。
④ 揭阳古有"市上有人家半系船"之美谈,古城道路纵横,河津交错,南北贯通。

柬陈叔亮先生

京华远隔水云间,天雁河鱼几往还①。
至语君能开顽石②,行歌我欲答空山③。
诗惊驹隙思求实④,壁有龙吟耻赋闲。
创业峰横十八曲,昂头一步一登攀!

1982年

【注】
① 天雁指雁信,河鱼指鱼书。"天雁河鱼几往还"意思是通过书信来往已经有好几回了。

② 顽石开化原为佛家语，意谓来信中至情至理的话开化了我这如同顽石般的头脑。

③ 行歌指讴吟赋诗，答空山谓空谷传音，意思是作诗来报答知音者。

④ 隙即郤，驹是马。庄子《知北游》："人生天地间，若白驹之过郤，忽然而已。"宋陆游诗："浮云每叹成苍狗，空谷谁能挚白驹。"句中意思是因作起诗来，惊叹光阴如白驹过隙而求务实。

参观汕头大学

楼群耸峙觉天低，学府新城鮀岛西。
改革时求标远识，中兴此应列前提！
一园桃李留芬馥，万类科研付品题。
奋育良乔筹国栋，潮汕父老望云霓。

1983 年春

赞名画家吴作人

画坛自古多贤俊，今赞名家吴作人。
笔底精神能醒世，画中艺术可藏春。
八方足迹声名好，一颗丹心主义真。
留得千帧佳作在，写于生活献于民。

1983 年春

凤凰纪游

凤凰十日五登临,电站恢宏水库深。
一望茶园山毓黛,四围稻菽野铺金。
农场做客烹龙舌,林荫纳凉辨鸟音。
何处风光能若此,如诗如画系人心。

1983 年夏

【注】
　　凤凰山在闽粤交界处,广东潮州市境内。
　　十日的凤凰之旅就有五次登山览胜。这里有恢宏的凤凰水电站和深泓的凤凰山水库,一望无际的茶园把层峦染翠,山下四周田野铺满金黄色的稻谷。途经农场,主人烹凤凰龙舌茶款客,天气炎热,在林荫中纳凉聆听鸟语,辨别各种异样的鸟声。有什么地方的风光能像这里一样如诗如画般美妙动人,牵动人心。

赞徐之谦先生

当年有幸识徐老,敦厚谦和一书翁。
大作时窥秦汉貌,锦笺每见晋唐风。
译文释字声名远,鉴宝评珍德誉隆。
廿载殷勤承睐视,情融笔墨感于中。

1983 年秋

谒河南少林寺感题一律

五乳峰前谒少林,千年古刹敬犹钦。
恢宏殿宇庄严甚,衍继宗功奥秘深。
代有高僧光史册,时传武术振人心。
山川不改英雄气,饱历沧桑证古今。

1983 年秋

过凤城即景(凤城即广东潮州市)

传说天南灵气钟,凤城春色万千重。
江潮起落市声闹,花树参差日影彤。
带水飞桥通远道,连云广厦焕新容。
山川处处浑含笑,别样风光似酒浓。

1984 年春

广州光孝寺有题

光孝禅宗渊衍长,始于三国建于梁。
达摩航海传衣钵,宋帝敕封启佛光。
六祖菩提承寺戒,千年梵语赖经藏。
南天代有名僧侣,宝刹辉煌耀一方。

1984 年春

【注】

　　三国时东吴虞翻触犯吴主孙权被贬广州，虞翻于广州建"虞苑"课徒，虞死后其家人于"虞苑"建"制止寺"。至东晋安帝隆安五年（401），西域克什米尔僧人昙耶舍航海东来，奉旨于寺中建大雄宝殿，传授佛经。梁武帝普通八年（527），佛教禅宗始祖达摩，由印度航海抵广州传授释迦牟尼衣钵，对中国佛教有极大影响。南宋高宗下诏"敕赐光孝寺"，沿衍至今。寺建于广州西关，得名光孝寺路，寺中有两座千年铁塔，有六祖受戒时之唐代菩提树，"光孝菩提"曾为宋时广州八景之一。

拜访范曾先生题其所赠书画集及人物画之下

　　承蒙厚爱访先生，赠画贻书感莫铭。
　　笔墨惊呼真气质，口碑叹羡好声名。
　　千帧佳作空今古，一代英才见重轻！
　　但愿丹心长许国，共凭肝胆向天鸣。

1984 年初夏

登泰山览摩崖诗碑感赋

一自风骚正气吟,黄钟大吕衍清音。
名山胜景诗摩壁,宦海情场句湿衿。
世道熙熙犹攘攘,篇章总总亦林林。
民心国祚皆魂魄,千古兴亡悟意深。

1984 年秋于泰安客次

【注】

自从有了《诗经》《国风》(古代十五国民歌)和屈原的《离骚》等优秀诗篇,古代便把它入乐,敲响古乐十二律中声调最宏大响亮的黄钟,"协乐律,歌大吕",数千年来衍传着清声正气。人们以诗明志、言情、寄心声,各地名山胜景镌刻着不少佳篇名句。古来宦海情场中多少豪壮悲凉、辛酸凄楚的故事使人读之潸然落泪。诗歌在熙熙攘攘的人世中与社会生活已密不可分,古今诗作林林总总篇章无数。但是,国家和人民的命运才是诗歌的魂魄,换句话:自古以来,诗人只有身系国家的兴亡和人民的祸福写的诗才有时代精神和生命力。这是我学诗、写诗的深刻体会。

汕头海湾大桥兴工感赋

三水东流海一湾,中流妈屿作雄关。
云横岩石成南北,浪拍鮀城费往还。
壮举修宽新国道,宏图点缀旧家山。
大桥不日跨天际,任汝飞车展笑颜。

1984 年

羊城古八景之一"石门返照"有赋

南越吕嘉守石门,江横岩块作兵屯。
羊城以此名奇景,学者于兹觅史痕。
更借贪泉扶正气,为添廉吏慰民魂。
林林总总当年事,我写诗中细品论。

【注】

汉武帝元鼎五年,南越国丞相吕嘉杀南越王和王太后,斩汉使。汉武帝命杨仆率江淮水军十万下广州讨伐。吕嘉于广州门户石门峡江中积石,居险抵抗,不料杨仆已先破飞来峡,继陷石门,吕嘉终于兵败被擒。因石门峡两岸奇峰突兀,江中巨石对峙,激流飞湍,直泻而下,兼有此史话,宋时定为羊城八景之一。

石门有一泉,名曰贪泉,建亭刻碑立于其间。传说凡于广州任刺史者必贪财,原因是饮了贪泉之水。东晋名士吴隐之任广州刺吏不信贪泉之说,命人汲泉水数碗饮之,并题诗云:"古人云此泉,一歃怀千金。试使夷众饮,终当不易心。"据《晋书吴隐之传》载其"清操窬厉,常食不过青菜及干鱼而已",广州百姓传为美德。

广州南海神庙有题

扶胥浴日壮南天，黄木之湾气浩然。
秦始丝绸开海禁，唐来庙祭祀夷贤。
巍峨殿宇缘封荫，珍贵碑林探史渊。
千载沧桑如一瞬，于今进出万吨船。

【注】

广州黄埔为天然国际港口，古称"扶胥之口，黄木之湾"。黄埔南岗南海海神庙始建于隋开皇年间，迄今已有一千四百多年的历史。唐开元以来，每年均举行盛大祭典，至清代皇帝还派专使主祭。此庙又称菠萝神庙，纪念波斯国于秦时来朝贡之使臣达夷，因其归国时未及时上船被弃，僵死于庙侧，当时百姓感其不远万里而来中国出使之诚，以泥土封裹其尸体，尊之为神祭祀，至今庙中左侧尤有达夷神像，民间有"达夷失舟"故事即缘于此。神庙殿宇恢宏，有王族宫殿规模，宋杨万里游此有句云"南来若不到寺庙，西京未睹建章宫"即见一斑。

游龙泉岩谒翁公书院

一峰突兀洞天开,我谒翁公书院来。
水石相依环槛外,亭台起伏落云隈。
扪碑古已推文宿,读史今还论将才!
默对龙泉栖虎地,青山指顾几徘徊。

【注】

龙泉岩旧属揭阳县鮀浦都,清至民国初隶属澄海县,后纳入汕头市至今,翁公书院为明兵部尚书翁万达当年读书旧址。

辛酉夏题广东潮阳海门莲花峰吊文天祥

其一

剑刻终南肝脑涂①，思寻弱主事匡扶。
心牵宋祚轮肠转，魂系帝幡望眼枯。
辜负鸣潮催铁马，忍看过雁唱金乌。
天将正气凝山骨②，故插莲花在海隅。

其二

当年少帝下厓门，血战东南天地昏。
丞相心图匡社稷，孤臣志欲复乾坤。
寒沙雨泣皇舟杳，断石雷轰正气存。
四海升平歌此日，莲花写韵吊忠魂。

【注】

① 南宋少帝君臣从海上南逃，兵屯新会厓门，文天祥请命入潮阳等地集旧部勤王，于海门莲花峰等候帝舟。厓门一役兵败，陆秀夫携少帝投海，南宋遂亡。文天祥于莲花峰望眼欲穿，用剑于石上刻"终南"二字，表示国在人在，自愿牺牲于南方。当时天阴雨骤，雷将石击成两段，知南宋之必亡。文丞相仍誓与国家共存亡，其忠肝义胆、浩然正气为世所景仰传颂，海门莲花峰望帝舟处遂成著名史迹。

② 山骨为岩石之别称。

广东揭阳撤县建市后抵揭阳市感赋

揭阳素有"葫芦宝地"、"水上莲花"之誉,余揭阳籍,近因公几度返梓,山川灵秀及建设新姿,投怀触目,尤添感受,遂赋二律。

其一

葫芦宝地莲花开,榕水相将南北来。
古邑今成新闹市,巨轮直泊大江隈。
分明盛世繁华貌,应是佳时喜气催。
鱼米之乡兴百业,春风竞筑黄金台。

其二

榕江水暖土膏腴,鱼米长描丰稔图。
原野才添翡翠色,田园已把赤金铺。
人家百万融春气,大业一番见坦途。
眼底千年兴盛地,而今更是粤明珠!

甲辰冬日感事成一律柬友

儿女缘深不了情，寸心已许共枯荣。
篇章激越风华茂，岁月峥嵘英气腾。
往事催诗魂北绕，归鸿寄意梦南征。
光阴寸寸黄金价，负笈他乡万里行。

改革开放，汕头经济特区形势喜人

丽日南天春意苏，汕头崛起海之隅。
市区秀色裁云锦，乡镇新姿展壮图。
联引机缘开宝鉴，翻番速度骋流驹。
三江水暖欢声动，奋力先登致富途。

1986 年 4 月

飘然亭春望

又向飘然亭上立[1]，汕头百里壮吟眸。
海天秀誉无双景，南国雄称第一州[2]。
两岸烟岚环闹市，万般春色拥层楼。
青山更读摩崖刻，邹鲁之邦岁月遒[3]。

【注】
① 飘然亭在广东汕头市对海岩石山最高峰。岩石风景

区为广东省人民政府宣布之重点风景名胜区。

② 峃石山上大型摩崖石刻有国画大师何海霞书写的："春潮八百里，南国第一州"。

③ 宋陈尧佐诗："海滨邹鲁是潮阳"，盛赞当时包括汕头在内的潮汕虽处海滨，文风之盛却如同孔孟的故乡邹鲁。当年国家文联主席、当代名作家阳翰笙，当年国家文物局长、中央机关书协主席孙轶青亦为峃石题下"邹鲁之邦"和"海滨邹鲁"的题词。

汕头远眺

纵目汕头天地骄，沧桑巨变看今朝。
东南海气融春色，西北江声卷热潮。
万国船来连铁道，长空翼展揽飞桥。
日新月异繁华貌，不尽区区诗笔描。

【注】

"东南海气融春色"，指中央赋予东南沿海地区可以先行一步的改革开放政策所取得的丰硕成果。"西北江声卷热潮"，指位于汕头市西北韩、榕、练三江地区揭阳、潮州等市、县深化改革，扩大开放的热潮，并且互为辐射，互为促进。

桑浦新姿

峡峪低回入海湾,疑留桑浦探天颜。
奇峰似欲窥三水①,险径曾传绾百蛮②。
喜报矿泉名异域,欣看果木沁群山。
年来峻岭添华厦,学府书声云霭间③。

【注】
① 三水指韩江、榕江、练江,环流经广东汕头北郊桑浦山南面入海。
② 绾是连结的意思,潮汕古属百蛮范围。
③ 近年香港同胞李嘉诚先生捐资在桑浦山南麓建汕头大学。

柬张济川先生二律

其一

佳作犹同拱壁存,至今百读不知烦。
情萦故土情无价,学胜前人学有源。
赞颂中华扬国粹,讴吟大地报天恩。
骚坛一帜全球动,赤子诗心谊共敦。

其二

骚坛挚谊以诗联,一别羊城廿有年。
每在人前褒国士,毋忘海外觅乡贤。
华笺句妙千回读,盛会殷邀两度延。
秋水雪鸿频寄意,天涯虽远此情坚!

1990 年秋

一九九一年"七一"献曝

八十春秋德泽深,以诗献曝表微忱。
拯民水火三山倒,反霸瀛寰万国钦。
代有雄才孚众望,旗开新政系民心。
愿看大治惩腐败,史鉴殷殷证古今。

游广东南澳瞻仰黄花山烈士碑,登雄镇关览海天景色感赋一律

闽粤咽喉孤岛悬,雄关镇海卫南天。
招兵树话英雄史,抗日碑传先烈篇。
青澳湾前瞻胜景,黄花山上吊英贤。
可歌可泣当年事,我载诗中万古传。

纪念诗圣杜甫

杜甫诗篇垂日月，尊称史圣耀神州。
千秋正气千秋颂，万姓心声万姓愁。
文脉衍传扬国粹，沧桑变化启人眸。
吟潮滚滚惊天地，继往开来岁月遒。

【注】

杜甫诗文不朽，永垂日月。历代尊称杜甫为"诗史"和"诗圣"，辉耀中华。杜甫的正气千秋传颂，因为诗中反映人民万姓的心声和忧愁。宣传杜甫是为了衍传文脉和弘扬国粹。沧桑的变化已使世人觉醒，如今吟潮滚滚惊天动地，广大诗人继承传统，呼唤未来，显示新时代诗歌的强劲豪遒。

谒广州黄埔军校旧址感赋

建校黄埔宏旨张，治军救国挽危亡。
敢倾破屋筹华构，奋育良才作栋梁。
摧朽拉枯声气震，屠龙伏虎武威扬。
当时国共初联合，果硕花繁不可忘。

【注】

黄埔军校在广州市区东南珠江河面长洲岛。1924年6月举行开学典礼，孙中山先生亲任军校总理，任命蒋介石为校长，廖仲恺为军校党代表，并规定军校一切命令都必须由校长、党代表共同签署才能生效。军校举办各种演讲会,主讲有孙中山、廖仲恺、周恩来、恽代英、萧楚女等,在当时影响很大。

辛未秋深圳赤湾怀古

秀夫蹈海君臣丧,乃有赤湾少帝陵。
王室偷安招覆灭,纪纲不振兆遭惩。
一朝气数遂之尽,千古兴亡感不胜!
今喜中华真崛起,民强国泰日蒸蒸。

【注】

公元1278年南宋端宗病逝,年仅八岁的赵昺由张世杰、陆秀夫等拥为帝,史称少帝,年号祥兴。张世忠于新会厓门战败,陆秀夫语于少帝:"国事至此,陛下应当殉国,德祐皇帝(宋恭帝)被俘,受辱已甚,陛下不能再受辱了。"遂背负赵昺蹈海。

据说元兵曾于海上寻宋少帝遗体未见踪迹只好作罢。少帝尸首漂至宝安赤湾滩被群鸦掩盖,惊动附近天后宫庙祝,恰巧天后宫栋梁突然坠地,庙祝求签知天意灭宋,遂将栋梁制成棺木,将少帝葬于赤湾。此陵民国辛亥年赵氏后裔曾重修,事后几十年无人祭祀,湮没于荒山野岭,1982年深圳特区重建赤湾公路时始发现。尔后,由香港赵氏宗裔蛇口工业区旅游公司经理等人斥资扩修皇陵,辟为深圳市文物旅游点。

游中山翠亨村谒孙中山故居感赋

西方革命此间萌,酸豆移华植翠亨①。
一炬南疆随万众,八方北伐下千城。
陋风既破民心振②,封建废除帝制倾。
遗训声声天地动③,尊称国父唯先生!

【注】
① 孙中山故居有酸豆树两株,盘根虬蜒,树干甚粗,树冠峨然,非二人难以合抱,极具气势,系当年中山先生从美国檀香山带回种子所种。
② 指封建时代女人缠足、男人留辫子等陋习。
③ 指孙中山"革命尚 未成功,同志仍须努力"等遗训。

题梁启超故居

当年我读公文集,才气纵横敬肃然。
一代英豪多至论,毕生业绩亦鸿篇。
曾因变法身多险,可叹保皇语太偏。
报上奢谈功与过,颠三倒四费周旋。

【注】
梁任公著有《饮冰室文集》名世。梁1896年于上海任《时务报》总编撰时发表《变法通议》宣传变法维新,1889年入京,以六品衔专办京师大学堂译书局与康有为等参加戊戌变法,失败后流亡于日本。

梁启超戊戌变法后顽固站在保皇派立场，力主君主立宪，宣传尊重皇室，扩张民权，与资产阶级民主派展开作战。辛亥革命时梁启超回国后曾出任袁世凯政府司法总长、币制局总裁等职。梁曾有介绍西方资产阶级社会政治、经济、哲学、历史等理论著作，对当时的知识界影响颇大。尔后任教于北京清华大学，提倡主观唯心主义的哲学思想。

壬戌游海南三亚，弹指廿余年辛巳重游，赋一律以抒胸臆

昔曾羁旅海之边，渔女珍珠竞卖钱。
贝壳披肩添旅趣，椰浆解渴止馋涎。
天涯问石思程笔[1]，宝岛追龙著祖鞭[2]。
二十余年如一瞬，赞今三亚换新天。

【注】

① 清雍正年间，崖州知州程哲于三亚"天涯海角"胜景之巨石上题刻"天涯"二字，后人误为苏轼所书，1962年郭沫若游海南为之勘误。

② 晋刘琨与祖逖为友，闻祖逖被用，致书亲故云："吾枕戈待旦，志枭逆虏，常恐祖生先我著鞭。"后人以此勉人进取，句中指海南特区在追赶亚洲四小龙中取得很大成绩。

游广州越秀公园镇海楼读"雄镇海疆"匾文感赋

王气昔传潜百粤,双龙恶战鬼神愁。
奏章惊动凌霄阁,敕旨建成镇海楼。
几度番夷强犯境,万千志士敢抛头。
南疆似铁民心固,珠水云山岁月遒。

【注】

广州越秀山镇海楼,明洪武十三年由驻守广州的封疆大臣明宗室永嘉侯朱亮祖奉旨营建。据说越秀山有帝王之气,朱亮祖梦双龙争斗,恐南方作乱,奏请朝廷降旨敕建。又有一说是:广州地处沿海,海寇时有搔扰,建此楼以镇海氛。今仍存"雄镇海疆"横匾于楼上。遂后数百年西方列强觊觎中国,广州首当其冲,广州军民卫国保家之壮举遐迩皆知。

汕头经济特区成立十周年暨扩大范围喜赋

汕头名字黄金缕,伟绩十年赞特区。
雷动龙湖飞骏马,花开鮀岛艳明珠。
争同春水滋新绿,共把丹心化壮图。
更喜规模重扩大,前鞭竞著奋征途。

【注】

龙湖为汕头经济特区创建时之发祥地。鮀岛为广东省汕头市之别称。

甲寅岁杪诗柬刘逸生先生

湖海飘零十余春,故园归卧一身贫。
诗狂楚客刀鸣壁,路末步兵泪浥尘。
鼻息当存为国喘,文章料应教人嗔。
无情岁月催华发,谁省书生腹底情?

香港回归乘游轮抵港于屯门感赋一律

杯渡青山云欲吞,天空海阔望屯门。
唐安营垒寻禅迹,英治商都觅泪痕。
良港真堪名宇宙,华人自可傲乾坤。
而今洗刷百年耻,民有精神国有魂!

【注】

清人顾祖禹《读史方舆纪要》中云:"杯渡山,旧名屯门,唐立屯门镇营,以防海盗。"《新唐书》"岭南广州南海郡"条注云:"有府二,曰绥南、番禺,有经略军,屯门镇兵"。清嘉庆年间王崇熙所修《新安县志》(今宝安)所录"新安八景"中有"杯渡禅宗。"据说杯渡为晋时僧人,常浮木杯渡水,人故以杯渡名之。杯渡曾客居今之屯门青山,故青山亦名杯渡山。

杭州旅兴

武林揽胜路迢迢,直下钱塘趁涨潮。
灵隐梵钟惊俗梦,平台皓月忆良宵。
湖藏八景余诗债,水绕双堤作画描。
拜拜一声难尽兴,导游轻扭小蛮腰。

【注】

杭州别称武林,到杭州观赏胜景路途遥远。因恰值钱塘江涨潮,正好直下钱塘,看看"钱塘春涨"这古今奇观。随后参谒灵隐寺,佛钟醒世使那些追随名利的凡夫俗子如梦初醒。"平湖"是西湖八景之一,使人回忆有多少个良宵在此赏月。西湖八景使诗人歌咏不休,欠下不少诗债。唐白居易、宋苏东坡修建的白堤、苏堤,堤光水色,互为映衬,风光入画,十分动人。游罢西湖,游人还兴致勃勃,导游小姐一声拜拜,扭着纤腰转身走了。

看反腐倡廉电视专题片有感

腐败邪风猖獗甚,官生数字最堪哀。
钱能纵鬼通神去,货可过关送假来。
贿赂欺蒙伤正气,淫嫖赌毒敛横财。
政经改革求同步,翘盼春雷动九垓!

1994 年

莲峰浩气·广东潮阳海门吊文信国赋一律

厓门一役落皇幡,遂使江山改姓元。
丞相精忠心血竭,帝舟渺杳海潮喧。
平生志节古今颂,八百春秋天地翻。
此日莲花峰上望,漫天喜气沁郊原。

1994 年春

为一九九五年(乙亥端午)诗人节而作

近年将端阳定为诗人节,意在弘扬屈原之爱国主义精神。追昔抚今,因感改革开放形势喜人,且有感于 21 世纪之即将到来,乃作一律鼓呼:

一年一度端阳至,百代沧桑感几回。
屈子投江垂日月,邓公改革唤风雷。
英雄自古民心向,大业于今国运开。
奋越辉煌新世纪,中华儿女并肩来!

报载某地近年来之腐败现象感赋

何故年来世道偏？官儿可买名能捐。
走私贩假互分利，吃喝赌嫖到处传。
一纸批文成暴富，几多积案化轻烟。
深忧腐败如瘟疫，国运攸关莫蔓延。

1995 年夏

柬友述怀

少年自律轻名利，每为诗书注赤忱。
偶在交游添慧眼，曾从著述寄雄心。
官场廿载窥邪正，学海几番探浅深。
印证人生悟一理，由来品德胜黄金。

1995 年秋

游广东佛山谒祖庙抚今追昔感赋一律

佛山祖庙溯源长,香火绵垂荫一方。
北帝神工传异艺,南疆宝塔烁光芒。
史多书画梨园坊,渊衍陶瓷铸纺乡。
古镇名城今崛起,繁华富庶日荣昌。

1997年夏

【注】
佛山祖庙中有北帝传授神工异艺之载。相传"未有佛山,先有宝塔",佛山因塔得名。宋代以来,佛山书画之风甚盛。佛山向称陶都和铸造、纺织之乡。

赠广东潮汕青年诗人创作研习会

鮀岛新年新景象,诗随春意上心头。
宽容雅乐敦时俗①,老壮中青论唱酬。
共趁东风舒骥足,同凭正气骋诗眸。
三江叠韵催潮汛,一代强音荡五洲。

【注】
① 宽容指宽厚。雅为风雅,诗有大雅小雅。乐者,古谓协八音谓之乐。

次韵法国薛理茂先生咏梅一律

腊梅傲雪早传春，别有幽香傍古津。
铁骨横生飒爽气，素心并惬可怜辰。
天涯皓月同相照，笔底新诗倍觉亲。
料得明冬风韵在，冲寒又笑报年频。

贺薛理茂先生八八华诞

八八龄高寿诞欢，吟笺拜读作书狂。
聆教意甚三生幸，奉和心凭一瓣香。
帜树骚坛公益壮，诗扬汉学国添光。
巴黎此日盈门庆，桂馥兰芳二故乡。

次韵法国薛理茂先生

五色霞颁神早驰，云天仰望读公诗。
情凝笔墨精灵气，谊种心田肺腑知。
学海前头无彼岸，他山石上有名师。
明年岭表融春讯，约赏东风第一枝。

题陈达民《天南集》

其一

读罢君诗感慕深,肃然起敬动豪吟。
长留劲竹凌霜节,永抱丹葵向日心。
岁月峥嵘名内外,襟怀磊落任浮沉。
吾潮自古多贤达,一集天南百世钦。

其二

南侨昔日似洪炉①,铸就英男铁血躯。
横笔刀丛惊顽敌,挺身枪口斗屠夫。
漂流异国心犹壮,建设家园志不渝。
更有新诗歌盛世,古稀未怠奋征途。

【注】

① 南侨即广东普宁南侨中学,地处粤东大南山区,为中共粤东地下党组织在大革命时期、抗日战争时期培养发展党员干部、传播革命火种的基地之一。

陈达民,男,1923年生于广东普宁,1949年就读于普宁南侨中学,同年参加中共地下党,从事抗日宣传工作。抗战胜利后,几经转折避难到南洋印尼,并撰写不少进步文章。1953年回国后,在广州侨校从事宣教工作,反右和"文革"时受到极左路线的迫害,直到拨乱反正后才平反落实政策。著作有《天南集》等诗集。

戊寅诗人节雅集

一从屈子投江后,岁岁端阳赋悼亡。
国铸忠魂余正气,诗浇热血见刚肠!
洪流已洗山河怨,雨露今滋翰墨香。
时代心声天地动,中华崛起立东方。

赠广东汕头岭海诗社、丝竹社、翰墨社

潮称邹鲁久传扬,丝竹醉人翰墨香。
锦绣山川添画卷,英雄时代入诗行。
因将岭海名三社,更是风流誉八方。
岁月如歌多盛会,文星共聚此情长。

【注】

潮汕地区自北宋之后被称为邹鲁之邦。邹鲁是孔子、孟子的家乡,宋陈尧佐诗云:"海滨邹鲁是潮阳。"潮阳指韩愈诗中"夕贬潮阳路八千"的古代潮州各地。

辛未秋次韵赵振山

马背相逢年正青,闻鸡舞剑跃于庭。
情殷每感蒙匡济,学浅侈谈欲摘星。
游子他山曾借石,浮萍大海总零仃。
别经卅载君犹健,挚谊时于心上铭。

丙子秋金陵道上次韵柬广东汕头名中医李中庸医师

虽处天南第一州，时犹负笈四方游。
山川气可充胸臆，笔墨光能射斗牛。
涉世无须惊宠辱，行歌足以傲王侯。
人间胜概随吟咏，画意诗情尽兴收。

旅游感兴

少年气盛壮难消，生活还须细协调。
青岛听涛天正雪，泰山观日海来潮。
苗家戏作婚前礼，藏女横吹马上箫。
风景民情宽眼界，旅程不计路途遥。

丁丑除夕于广东汕头喜见书画家为市民写春联作年画

腊尽冬残元复始，一番喜气见桃符。
百花竞向人心放，万物争随春意苏。
故里连年臻福境，特区此日誉明珠。
知君应有烟云笔，共构南天岁乐图。

辛酉春游广东汕头达濠青云岩

烟浮古刹晓钟闻，九曲峰峦紫气熏。
竹径通幽泉露眼，莲花匝地石留文。
山连广澳宏图展，海纳濠江天汉分。
喜是登瀛凌绝顶，人人竞欲步青云。

壬辰年重游广东潮州古城东门楼远眺

凤城广济东门楼[①]，几度登临豁远眸。
春雨湘桥云润岫[②]，秋风鳄渡浪催舟[③]。
校园隐约书声巧[④]，市肆喧哗喜气缪。
自古天南多胜地，最堪留恋是潮州。

【注】

① 广济门为广东潮州东门城楼，因城门直通广济桥而得名。

② 湘桥即潮州湘子桥，亦称广济桥、康济桥。传说该桥始建于唐代，由潮州刺史韩愈发起，当年韩江江面宽阔，建桥甚难，经广纳良策，分东西岸同时施工，城对岸由其侄孙韩湘子负责，城东门楼一方由灵山寺大颠法师推荐之广济和尚负责，因中流湍急，中间只能以小舟摆渡，故桥分东西二段云云。另见书载：此桥建于宋乾道六年（1170），一曰济川桥，明宣德十年（1435）重修，增建五个石墩，并于中流摆渡处，用长藤连结十八艘船成为浮桥，该桥全长六百余米，为我国古代最早的一座开关式大石桥。新中国建国后此桥几度重修，桥之东侧已另建起适

应现代交通的大桥,现湘子桥成为我国历史文化名城潮州的一大旅游胜迹。

③ 鳄渡是唐代潮州刺史韩愈祭鳄鱼的地方,传说鳄鱼被驱逐之后遂成渡口。鳄渡秋风是潮州古八景之一。"秋风鳄渡浪催舟"喻韩愈曾祭过鳄鱼的潮州,随着历史的滚滚潮流,后浪催前浪,不断向前发展。

④ 桥侧为韩山师院等知名院校。

辛酉夏过揭阳双峰古寺旧址感作

双峰古寺邑之东,六百余年香火隆[①]。
官赐丛林分度牒,僧求弥座启梵蒙。
寒钟暮鼓标名刹,异树奇花映佛宫。
应是天南多胜地,毁于十载劫灾中[②]。

【注】

① 据《广东通志·古迹略》十年卷引《大清一统志》载:双峰寺在磐溪都(揭阳属)双山,南宋绍兴庚申始建于县治东马山滘。《通志》及《一统志》亦同说,即南宋绍兴十年(1140)。明初迁巷。址亦已有六百余年的历史。

② 寺现已重修。

广东汕头北回归线标志塔丙寅年夏至日落成

胜景初成驱羁轺，北回归线此间标。
三峰倚背山添势，一水横前海泛潮。
热带中分温带骈，阳光直射塔光骄。
汕头自是文明地，科普新图喜细描。

揭阳行

遍地春风万物苏，揭阳古邑粤明珠。
江城十里繁华境，山色双分锦绣图。
稻熟鱼肥年景好，工兴贸旺民心愉。
更筹四化跨奇骏，奋策前鞭赴远途。

甲子春广东汕头今昔书感

大海茫茫沙积洲，汕头即是古沙头。
辟成口岸通侨客，筑设烟墩御敌酋。
自此荒滩营闹市，因从海角起高楼。
沧桑百载看今日，四化新城运远筹。

游揭岭飞泉感赋

何处鸣泉落碧汉，银河泻下白云隈。
潭依峭壁嶂千仞，壑转流溪涧九回。
揽胜深嗟亭已杳，扪碑竟憾石成堆。
可怜岭海一奇景，料应重修徕客来。

【注】

揭岭飞泉，亦称"南磜飞瀑"，昔为粤东名胜，在揭阳榕城西北四十公里，古属揭阳蓝田都（今隶属梅州市丰顺）。据方志载，飞泉岩侧有"揽胜亭"与"蓝田书庄"，南宋绍兴年间(1131-1161)，当地进士郑国瀚于此设帐讲学，赋诗揽胜。与郑国瀚同榜进士朱熹(1130-1200)过访郑氏于蓝田书庄，题"落汉鸣泉"四字，镌石于亭，并赋诗云："梯云石磴羊肠绕，转壑飞泉碧玉斜。一路风烟春澹荡，数声鸡犬野人家"。历代骚人墨客以及四方游士剪经来此，旅游导胜，摩崖扪碑，后惜因年久湮废。

次韵张峻峰先生

古稀谈笑慨流年，日正当空月正圆。
笔醉京华频往返，谊联港澳几回旋。
千诗叠唱余新作，万里凝眸赴远帆。
愿赠碑林光宝刹，弘扬国粹永留传。

其二

天增岁月去年年，水自东流月自圆。
生命催人须奋发，地球许我可回旋。
书山有路争长足，艺海无涯竞远帆。
科学求真堪记取，随风润物代相传。

其三

切仄敲平数十年，诗缘早在梦中圆。
健毫欲醉三千卷，银翼常随万里旋。
艺海藏珍添续集，书山琢玉趁征帆。
寻寻觅觅存文脉，莫愧余生代有传。

附张峻峰诗友原玉：

无限风光又一年，九州百族共团圆。
江南挥楫龙舟渡，塞北飞撬冰野旋。
五岳衷情盈热泪，三江叠韵送征帆。
雪花只伴梅花舞，喜讯更随短讯传。

日本侵华无条件投降五十周年感赋

其一

疯狂日寇侵华时,血洗山河天地悲。
罄竹难书魔鬼罪,挥戈痛击法西斯!
国魂可慰长城固,战犯虽降史鉴窥。
往事于今犹历历,死灰莫再燃僵尸!

其二

卢沟烽火背前盟,破碎山河万姓惊。
怒举刀枪歼倭寇,拼将血肉筑长城!
神州奏响救亡曲,寰宇怒吼正义声。
抗战八年光日月,中华民族铁铮铮!

己亥夏，次韵林扬洲医师题杭州西湖"黄龙洞""柳岸闻莺""花涧观鱼"诸景点旧照一律

武林之旅已多年，梦里重游未忍旋。
洞卧黄龙连紫阁，云横翠岫卷青烟。
莺啼柳岸催诗久，鲤跃花溪入镜前。
今咏西湖多巨匠，神州到处有坡仙。

丙午夏南归，自汉口乘电轮往九江途中成一律

电轮破浪如风疾，恍若雄师出阵时。
三镇临流颜益壮，两山对峙影徐移。
惊雷带雨天威震，丽日投江景物奇。
虎踞龙蟠千载事，于今唯有水声知。

【注】
三镇即武昌、汉阳、汉口，合称武汉，为今湖北省省会。两山即为龟山、蛇山。

赞岭东文化

岭东文气古今盛，书画诗词代有传。
唐宋中原余正脉，明清八邑志乡贤。
百年每见人才出，四海频看业绩篇。
潮剧由来枝独秀，瀛寰倾座誉绵绵。

【注】
岭东潮汕八邑各县县志均有明清前后七贤有关记载。

访广东博罗罗浮山谒冲虚观有赋

旅次罗浮话葛洪，神奇洞府觅仙踪。
白莲池畔葫芦杳，五色土间丹灶空。
灵药秘传灵已验，妙方金匮妙无穷。
我来景仰冲虚观，济世千年南道宗。

广东惠州西湖口占

惠州北宋建西湖，纪念僧伽功德殊。
苏子于兹荣古迹，朝云葬此誉名姝。
孤山遥对泗洲塔，闹市紧邻风景区。
欲与杭扬齐媲美，浓妆淡抹构新图。

【注】
杭指杭州西湖，扬指扬州瘦西湖。

赞粤东名中医李中庸

雅誉先生冠我州，龙蛇笔底任嬉游。
悬壶座可招鸣凤，解囊心犹系喘牛。
有术回生轻将相，无贪处世厌公侯。
杏林此日春如海，别样风光一望收。

广东中华诗词学会乙酉新春雅集

灵猴惜别闻鸡鸣，我伴春风东莞行。
变化城乡臻福境，繁荣艺苑践诗盟。
雲霞卷笔山川醉，绣句抒怀日月明。
共把心声歌盛世，扬清激浊任非轻。

【注】
广东中华诗词学会与东莞市粤晖园缔约结盟，将粤晖园作为广东中华诗词学会创作基地。

诗咏牵牛入画来

其一

百花吐艳出尘埃，欲咏牵牛须异才。
雨露恩施遂得宠，阳光拂煦渐登台。
攀墙越架芳心动，见面含羞郁意回。
喇叭虽然吹百遍，一朝凋谢有谁来。

其二

因恐芳菲染尘埃，犹知咏叹多奇才。
牵牛韵附新诗卷，系马情联古镜台。
邂逅欣邀佳客至，殷勤喜伴好春回。
东君若问伊消息，已请花魂入画来。

乙丑秋客京中访廖沫沙先生家柬陈厚实

关爱数年情谊绵，每聆诲益感君贤。
诗书示我研和讨，品德昭人诚且虔。
名士知仁多器重，佳篇蕴玉已风传。
云山万叠天涯远，翰墨缘凭一线牵。

【注】
1985年余访廖沫沙先生曾将陈厚实同志诗文转赠廖

老，并请其作书赠其留念。在京还请董寿平、娄师白等作书作画赠陈留念。陈厚实同志爱好诗书画，其在省党校学习期间，曾同他拜访我的老师麦华三、容庚及关山月、黎雄才诸老结翰墨缘。

哭陈厚实同志

十年情谊薄云天，百粤堪称一代贤。
力主韩祠当刻石，共倡岩峰可摩镌。
笔墨长留肝胆气，文心早证古今缘。
鮀岛哭君成永诀，万人悲泣泪泉咽。

谒广东潮阳灵山护国禅寺有题

大颠创置灵山寺，道迹贤踪誉倍增。
刺史留衣碑在口，高僧悬舌圣堪称。
十方善信多祈福，千载沧桑几废兴。
殿宇连云今盛世，双峰毓秀九龙腾。

【注】
灵山寺在广东汕头潮阳。高僧大颠创置于唐贞元七年（791），距今一千二百多年。大颠与被贬来潮州的韩愈结缘甚深，韩愈改贬袁州时留衣纪念，传为佳话。传说大颠圆寂后墓被盗，骨肉已化，仅舌不腐，后再启之，只有圆镜一面，故今有"舌镜台"云云。

题故里广东揭阳桂林乡

南来一脉桂林刘，繁衍于兹数百秋。
公祖恭承仁德训，儿孙乐为稻粱谋。
家园逐日添新貌，少长同心运远筹。
韫玉怀珠山水秀，人才辈出竞风流。

【注】
　　揭阳桂林乡是邑中刘氏望族，由燕山公、南岗公自豫入闽来揭，创乡于明洪武七年(1374)，子孙繁衍，代有人才。

次韵袁第锐先生感其意依题束之

两岸

两岸相思年复年，陈仇旧怨已如烟。
海天魂系家山梦，荆树花开手足缘。
台独无稽当了了，团圆有待共翩翩。
繁荣昌盛中兴路，同德同心谱壮篇。

健身

健身莫让病相侵，长寿人多有福音。
为爱丹青筹画展，因抒胸臆恋诗林。
醉心笔每临碑帖，醒世言犹胜药针。
壮骨强筋多妙法，晨功可醒四厢喑。

扶贫有感

目睹穷乡泪每涟，行穿食住事犹悬。
农村差别何其大，政策倾斜要领先。
解困须凭群众力，扶贫共济一条船。
宣文宣德蔚风气，科技之兴攀顶巅。

重谒广东潮阳灵山护国禅寺感赋

灵山禅寺海之隈，韩愈贬潮参谒来。
遂与大颠成挚友，到今宝刹有贤才。
八方游客慕名至，千古佛门为善开。
我欲扪碑怀圣哲，留衣亭畔一徘徊。

小平颂

——纪念邓小平同志诞辰一百周年

蜀桂风云启世眸[①]，匡时救国赴同仇。
安邦布政施鸿略，反霸图强运远谋。
廿载中兴孚众望[②]，一生正气动全球。
继承马列开新路，理论旗张耀五洲。

【注】
① 指邓小平同志早年在家乡四川广安和广西百色参加

爱国救亡运动和革命武装斗争为世所瞩目。

②廿载句指十年浩劫后，邓小平同志主持中央工作的20年，力挽狂澜，坚持改革开放政策，使国家、民族中兴，摆脱苦难。

题湖南浏阳谭嗣同故居

我谒浏阳石菊庐，嗣同昔日此间居。
研文习武中西学，办报讲演南北誉。
变法维新心似铁，成仁死义志如初。
头颅救国昭来者，留得声名在史书。

【注】

谭嗣同（1865—1898），湖南浏阳县人。少好读书，广于涉猎，从著名学者欧阳中鹄学习经史文学。因幼年得病死而复生，故取名复生并师事当时名震江湖之"大刀王五"习武。尔后结识梁启超等研究西学，著《仁学》宣扬西方进化论和天赋、人权思想，于长沙创立"南学会"并创办《湘报》，使湖南名震全国。他漫游四方，到处演讲，足迹遍及湘、鄂、皖、苏、浙、台、豫、冀、陕、甘、新等南北诸省。因参与维新变法，被清光绪皇帝破格亲自召见提拔。百日维新失败，被慈禧太后下诏斩于北京菜市口，年仅33岁，史称"六君子"事件。谭嗣同被斩，启发世人必须推翻腐败的清王朝才能拯救中国。

游粤北丹霞山

山色如丹灿若霞,群峰缭绕浥轻纱。
霞关重叠横霞岱,锦水迂回漾锦沙。
骚客赏心诗勒石,孤臣亮节穴为家。
别传焚毁今犹置,游客如云四方夸。

【注】

丹霞山,又名长老寨,在广东韶关仁化县城西南约10公里,为广东四大名山之一,与罗浮、西樵、鼎湖山齐名。南明虔州(今江西赣州)巡抚李永茂等人不愿降清归隐穴居于此,并请广州海幢寺澹归和尚建"别传寺"于丹霞山之阳,后寺焚于大火。改革开放后另建佛寺,香火甚旺。

长沙白沙井

三湘我独爱长沙,城有名泉育万家。
翼轸星分人延寿,灵基井汲水能茶。
不盈不竭乾坤配,至美至甘今古夸。
醇醇酿成来魏晋,飘香溢誉到天涯。

【注】
白沙井在长沙市南门白沙街东隅。

游清远飞来峡

云蒸霞蔚飞来峡,胜景迷人豁我胸。
两岸层峦分秀色,千寻楼阁展雍容。
飞泉泻玉虹留影,晓日融金客景松。
古寺恢宏连洞府,历朝题咏纪游踪。

湖南长沙岳麓书院

长沙岳麓古书院,前面湘江后枕山。
代有英才荣此地,天将灵气聚其间!
朱张嘉会流风远,曾左盛名遗世攀。
毛氏拯民于水火,初如日月照人寰。

【注】

岳麓书院于长沙岳麓山下湖南大学校园,创办于北宋开宝九年(976),为湖南千年学府。书院历代人才辈出,南宋高宗绍兴元年著名理学家张栻主教岳麓、理学大师朱熹闻其名由闽来湘,四方学者云集岳麓听讲,史称"朱张嘉会",把岳麓书院所在湘潇二水与孔子讲学处的沫水、泗水相提并论,称为"湘潇沫泗"。清代湘军首领、古文大家曾国藩,洋务派首领左宗棠和当代毛泽东等名人均曾于此就学。

岳麓游

湘江岳麓势相依，如玉峰峦景色迷。
山径秋深亭爱晚，鹤泉神妙石题诗。
黄兴蔡锷名陵在，张栻朱熹胜事奇。
如画风光能醉客，可餐可饮乐滋滋。

【注】

岳麓位于湘江西岸，南北朝《南岳记》称："南岳周围八百里，回雁为首，岳麓为足"，故得名岳麓。岳麓山上风景奇丽，清乾隆五十七年（1792），岳麓书院院长罗典修建红叶亭，诗人袁枚取唐诗人杜牧"停车坐爱枫林晚"意，建议改为"爱晚亭"传留至今。白鹤泉在麓山寺后，泉水汲于碗中有双白鹤之影，用此水沏茶，热气盘绕杯上，宛如白鹤翩翩起舞，甚为神奇。黄兴墓是湘中名陵。1905年成立同盟会，黄兴成为仅次于孙中山的领袖人物，由于其功绩彪炳，史称"孙黄"。其1916年病逝于上海，翌年国葬于岳麓山。蔡锷墓在黄兴墓之下，其辗转于云南组织护国军讨伐袁世凯，迫使袁世凯取消帝制甚为世所称道。

谒广东梅州人境庐

我谒梅州人境庐，黄公遵宪旧时居。
青年驻外经多国，博学才高富五车。
提倡改良除旧制，力将新意入诗书。
吟坛革命先扬帜，清末大家名不虚。

题衡山天云亭

退之昔日屡遭贬，南岳途经朝圣来。
雾锁千峰云盖顶，马嘶古道鸟迷苔。
诚心祷见青山面，至念祈求昧霭开。
瞬见晴岚扶丽日，苍天古亦悯英才。

【注】

唐德宗元年间任监察御史的韩愈因上疏谏宫市被贬为阳山县（今广东阳江市）令。两年后唐顺宗即位，遇赦改调任江陵（今湖北江陵）法曹参军。赴任途经衡山往大庙朝圣，因时值秋雨天阴，雾锁群峰，"我来正值秋雨节，阴气晦昧无清风"（韩愈诗句），不能一睹衡山真面目，遂诚心祈祷"须臾净扫众峰出，仰见突兀撑晴空。……"（韩愈诗句）。苏东坡遂有"以公之诚能开衡山之云，而不能改宪宗之惑"之感慨。

抗日儒将吴逸志赞

日趁中华盼大同，剩虚侵略妄称雄。
狰狞面目蛇吞象，破碎山河血染枫。
虎帐高吟明夙志，长沙大捷赞丰功。
可歌可泣当年事，铭记将军业迹鸿。

其二

抗日身经百战雄,运筹决胜显英风。
奇兵勇似山中虎,儒将安若岭上松。
撒豆挖坑诛万寇,藏粮断水立头功。
连挫顽敌传三捷,赢得后人敬且崇。

乙酉冬次韵刘征先生书感

百年转瞬若蜉蝣?冬去春来夏又秋。
志士名留千载誉,鸿图日上一层楼。
生涯自古皆因果,事业而今未尽头。
历史长河虽滴水,长滋笔墨写风流。

题蔡起贤先生《缶庵集》

满城桃李公堪赞,一集缶庵我最钦。
爱竹褒兰敦德操,雕龙绣虎证文心。
名篇不尽山河颂,盛世难忘风雨吟。
岭海诗坛多雅兴,清茶代酒喜长斟。

京中读陈锦雄赠书画集

京华客寄每怀君，千叠山川万叠云。
英气惊从画里见，诗心喜在卷中闻。
无端陋俗曾添慨，有笔非凡自不群。
倦鸟知旋思故里，榕城促膝再论文。

柬激夫

五十年前识激夫，情如手足两匡扶。
同眠共榻敲平仄，访友寻师绘画图。
艺海探求深与浅，书山许并鼓和呼。
云程抟翼遥相隔，久种心田谊不无。

【注】

陈锦雄，字激夫，男，1945年生于广东揭阳，少喜诗书画，长有文名。曾任职于揭阳县文联，现为揭阳市岭东书画院院长，并有多种著作结集传世。

全国第二十三届中华诗词研讨会在西安召开

诗词自昔衍余音，研讨年年益浸沉。
笔墨难忘天地爱，文章不尽古今心。
虽无白眼犹青睐，却别黄铜与赤金。
共著吟鞭奔大道，千乘万骑势骎骎。

自 勉

半纪求知漫浸淫，时凭笔墨寄胸襟。
书山莫道艰和险，学海难量浅与深。
世事如棋须睿智，名人似帖愿多临！
甘源于苦君当记，唯有洪炉炼赤金。

贺香港诗词学会成立

香江竖帜践诗盟，海内时传潮水情。
放眼全球褒发展，讴歌两制颂繁荣。
中华万世扬文脉，大汉千年仰正声。
调谱和谐心合一，翩跹起舞乐晴明。

西安之旅书感

皇都帝阙问长安，年代颇难用指弹。
多处城垣皆古迹，历朝文物最奇观。
碑传列国星辰杳，史载先民骨肉寒。
阅尽人间今昔事，无非欲望与悲欢。

纪念辛亥革命缅怀孙中山先生

辛亥南疆义帜张，一呼百应八方襄。
王朝帝制从兹灭，革命声威到处扬。
草就方纲孚众望，坚持主义盼民强。
声声遗训传瀛海，中外同钦仰誉长。

次韵古求能君《李国平院士百年祭》七律

函数攻关仰大名，更从妙韵悟清声。
寒梅入梦诗添味，素月投怀笔寄情。
世道当年留苦忆，人才此日盼公平。
风流长者今何处，江汉滔滔景色明。

附古求能原玉：

> 遗像长垂长者名，梅香斋畔静无声。
> 姓徽定理称神算，词动江关富哲情。
> 人到至诚思便睿，山登绝顶意归平。
> 升堂学府知何幸，万道霞光照眼明。

次刘柏青君韵转致罗益群先生

> 久闻三绝俱豪遒，客路家山几与俦？
> 书动京华钦大展，笔投粤海傲中流。
> 诗筒叠韵褒高士，画箧藏珍醉小楼。
> 欲诉心仪悭一面，知音未必辨箜篌。

附刘柏青原玉：

> 吟骖驰骋兴方遒，白石青藤足比俦。
> 吐凤敢凭灵袖舞，怀蛟长啸紫云流。
> 十年剑砺锋侵眼，千里鲈思月倚楼。
> 泚笔依然豪气宕，松枫万壑拍箜篌。

中华诗词学会第二十二届研讨会在河南省南阳市召开，适逢全国纪念改革开放三十周年喜赋一律

天命虽过笔未封，吟坛结伴纪游踪。
千讴北国情难已，百咏南阳句不重。
诸葛一生堪典范，舜尧十亿是人龙。
卅年改革惊环宇，国有新颜民笑容。

【注】
毛泽东有"春风杨柳万千条，六亿神州尽舜尧"诗句，当年中国六亿人口，今逾十亿。中国有龙之故乡美誉，"舜尧十亿是人龙"语出于上。

赠杨文才

京华盛会几逢君，拜读佳篇觉不群。
云鸟海萍来复去，树梢月影聚犹分。
天能补石书曾载，砚可潜龙我亦闻。
腹底胸中真坦荡，看排笔阵扫千军。

纪念刘少奇同志回乡调查五十周年

红旗三面当年事，极左流行困厄深。
解散食堂孚众望，振兴工业动人心。
国家柱石惊崩折，民族精英祸降临。
岁月荒唐虽已矣，花明楼畔泪如霖。

赞名书画家胡天民医师

先生雅誉传潮汕，善画能书硕果丰。
万壑千峦藏笔底，百家诸子纳胸中。
丹青立意高犹古，宝墨成文逸且工。
况是名医长济世，渊深博学昔人风。

答　远

天上霞飞呈异彩，挥毫泼墨寄深心。
欲将大海风云气，化作高山流水音。
妙句牵肠缘万里，佳篇入眼值千金。
殷勤为报殷勤意，落笔依依证赤忱。

寄 语

——中华诗词学会第三届全国代表大会召开

喜看创会廿余年,继往开来代有贤。
四海诗潮迎盛世,万家笔墨集豪篇。
国之瑰宝扬文脉,民把心声寄咏笺。
今日吟坛新理念,诸公重任压双肩。

庚寅蓝田兰亭雅集

其一

雅集蓝田代有缘,一方名士赛吟笺。
虚怀力作开生面,妙句随心法自然。
时势催人思奋发,山川醉眼悟真禅。
我来借得兰亭笔,亦写风流岁月篇。

其二

新知旧雨会文缘,珠玉云霞锦绣笺。
景物怡情诗结谊,湖山可爱乐陶然。
一方胜迹兴名邑,数处泉声悟古禅。
更喜蓝田余墨宝,摩崖镌刻数佳篇。

【注】

南宋理学家、诗人朱熹曾于广东揭阳蓝田都北山（今梅州丰顺县境内）置蓝田书院授学，并留下若干诗文，至今蓝田仍有多处题刻胜迹。南宋以后，当地文人雅士仿效浙江绍兴山阴七贤兰亭故事，每年春日于蓝田书院兰亭以诗书画会友，称蓝田兰亭雅集。

柬 友

少耽谜艺爱诗吟，次第丹青漫浸淫。
汉魏碑铭长短拓，晋唐书迹晨昏临。
十年"文革"颠连甚，廿载官场感悟深。
休笑老犹童稚癖，天涯献曝有微忱。

【注】

少年沉迷灯谜且爱好作诗吟诵，随后又沉浸于图画丹青。汉魏碑铭不论长短都要拓写，晋唐的书迹早晚进行临摹。"文革"十年受尽连绵不断的痛苦。平反复职后官场二十年的感触、体会甚深。别笑年纪大了不忘年少的爱好，正是凭这些走遍天涯作贡献，愧物致敬聊表微忱。

夜读唐李青莲《将进酒》诗,豪放之情萦于脑际,遂次岭海诗翁王遗仙韵成书感一律并寄之

裘骢换酒笑呼儿,醉里乾坤贵所耆。
集结千篇情未已,笔摇五岳兴酣时。
晓人至理因怀德,终古名言每在诗。
夜读唐音思太白,天籁寂寂月如眉。

再次王遗仙韵

其一

欲帆学海弄潮儿,幸识文星仰宿耆。
酷厌奇谈非古调,深怜正韵颂明时。
切磋每借他山石,探索难忘旧体诗。
承惠华章犹拱璧,笼纱百读喜扬眉。

其二

诗醉如痴作醉儿,吟诗结社少偕耆。
诗思惬意余三昧,风物宜人任四时。
闻道心潮曾逐浪,漫言意念皆成诗。
邻翁八十犹酬唱,输与其妻为画眉。

其三

自谓能诗幸运儿，吟诗作伴少而耆。
诗从万象求真谛，意在一番感悟时。
村妪庭前哼宋调，学童梦里唱唐诗。
老妻亦解诗中趣，为就新篇皱紧眉。

其四

此生愿做好男儿，金子年华壮未耆。
入党难忘豪誓在，征程哪有倦飞时！
宜将厚德完於行，忌把浮辞说是诗。
务政持廉须自慎，不求吐气与扬眉！

近年来岭南诗人多以诗笔讴歌汕头经济特区"追龙超虎"，建设现代化港口城市的成就，用王遗仙韵谨赋二律志之

其一

岭海骚坛筑这儿，几多硕彦与英耆。
挥将织锦裁云笔，写在追龙超虎时。
潮作欢歌频报捷，雷如战鼓漫催诗。
汕头跃上新都市，挺直腰杆笑展眉！

其二

鮀岛男儿与女儿，风流文采少和耆。
正当盛世升平日，便是豪吟会咏时。
海上春融潮叠汛，樽前酒热谊联诗。
新声竞唱情无限，兴上心头喜上眉。

附王遗仙先生原玉：

子系天上麒麟儿，一代新人接旧耆。
欣值清风迎素月，正当胜日撷芳时。
苏辛李杜传君笔，云水山花壮汝诗。
长向骚坛歌雅韵，才华艳溢足扬眉。

赠金元企业股份有限公司

今日汕头泰运开，"金元"崛起鮀江隈。
先从地产兴基业，更集游资活地财。
改革初行股份制，筹谋始见经营才。
公司已喜名中外，利似春潮滚滚来。

自书诗赠某金融机构

改革年华喜事多，融资搞活创先河。
流程运作凭科技，信息咨询托电波。
放贷规模堪赞赏，存储效益可观摩。
我来珍重何相贺？珠玉为诗字换鹅。

赴深圳采风赠深圳诗词学会

春温早喜送严冬，文苑频添艺事重。
举国书坛来墨宝，环球汉学觅诗踪。
歌讴粤海潮声壮，笔灿特区艳色浓。
一代名山余泽远，风光无限在前峰。

赠深圳诗词学会会长老同志刘波

鹏城握别几秋冬，谈笑雍容入梦重。
半纪声名传业迹，平生风范证行踪。
诗抒浩气心犹壮，笔吐清香墨尚浓。
我欲梧桐山下立，一番指顾仰高峰。

1996 年 3 月 14 日于深圳

迎春书感

迎岁梅开春意张,春花怒放盼春长。
蝉鸣嫩柳窥荷笑,叶落闲庭赏菊黄。
雨后群山疑铁铸,雪中万树扮银装。
四时好景君当记,莫到残年空着忙。

1998 年春于北京

读《长沙会战碑文》感赋

日寇侵华国难生,将军御敌两湖行。
长沙三捷惊天地,青史千秋载姓名。
岁月欣将时势改,沧桑喜见劫波平。
贞珉细读怀英杰,先哲精神万世赓。

贺河南老干诗词研究会成立二十周年

河南老干树吟旌,二十年来誉不轻。
蕴玉含珠扬汉粹,萃英笃谊践骚盟。
诗词诠释为人义,肝胆时因爱国鸣!
巨著佳篇无贱价,黄金岁月载芳名。

汕头苏埃湾红树林喜赋

一方胜景现苏埃，红树成林睐客来。
俨集云霞镶坞渚，疑催雨露荫山隈。
潮人福境风光美，盛世佳时物象推。
环保而今交口赞，汕头可誉粤之魁。

奉题第三届加拿大诗书画展

为有文华与世存，殷勤奋搏不沉沦。
诗藏大海风云气，笔聚中天日月魂。
昔圣今贤怀且仰，南辰北斗梦曾吞。
民心国祚开新境，律吕昂扬厌古埙。

岭海翰墨社成立二十五周年即兴

汕头翰墨集群贤，政协同舟廿五年。
彩笔争歌时代美，锦笺竞写特区妍。
澳门香港标风韵，台岛狮城证艺缘。
今创文明奔福境，开来继往谱新篇。

【注】

汕头市政协岭海翰墨社聚集群贤，与市政协同舟共进已经二十五周年。二十五年来社员们纷纷用彩笔赞美新时代，用锦笺作书绘画歌颂汕头经济特区的进步和发展。翰墨社曾先后多次以集体和个人名义在汕头、珠海和澳门、香港举办书画展，弘扬潮人和汕头政协委员的艺术风采，评价甚高。当前，汕头正在创建文明城市，建设幸福汕头，市政协翰墨社将继往开来，再谱新篇。

题潮阳灵山护国禅寺

古刹灵山唐创置，大颠奉法酷心盈。
神工运木纷传说，石钵化缘播颂声。
亭日留衣贤谊重，碑书祝圣帝心倾。
文光舌镜禅风远，盛世今犹享盛名。

【注】

潮阳灵山寺创建于唐贞元七年。传说一代名僧大颠以神工运木，石钵化缘，历尽艰辛建成此寺，并与被贬潮阳的一代鸿儒韩愈结谊。后韩愈改贬袁州，亲临灵山赠以官衣传为佳话，后人建留衣亭以纪念。灵山寺名闻遐迩，宋高宗准名士王大宝之奏请，钦赐"祝圣万寿山"勒石纪念。因该寺有"贤踪道迹"之誉和大颠"舌境台"等神奇传说，至今犹盛名远播，香火日隆。

澳门回归祖国十周年感赋

恨史难忘说澳门，回归一振国之魂。
丰功变化铭今昔，陈迹依稀觅旧根。
父老心中悬日月，人民手里握乾坤。
十年事业光千载，南海滔滔浪吐吞。

【注】
　　痛恨、难忘历史上腐败无能的清政府把澳门租给外国侵略者统治，澳门回归振奋了国家、民族的精神。人们铭记着澳门的今昔变化并从依稀陈述中寻找根源，接受教育。父老心悬日月，明白是非。如今已是人民掌管政权，澳门回归十年来事业的发展光耀千载，南海潮有如历史潮流，大浪淘沙，滚滚向前。

庆祝中华人民共和国成立六十周年喜赋

华诞于今六十年，心香墨韵颂千篇。
神州处处多奇迹，眼界时时大变迁。
改革宏开新局面，科研奋进主峰巅。
喜看国运腾云起，日照东方万物妍。

【注】
　　今年是国庆六十周年，心香墨韵祝颂千篇。六十年来，神州处处出现奇迹，使人眼界时时变宽变远。大改革出现了新的经济格局，科技进步和发展成为主攻目标，不断取得成果，喜看国运如同太阳初升腾云而起，照耀着东方，万花争妍。

澳门回归十周年志庆

闻道澳门争向往，蒸蒸气象日中天。
回归喜见雄风振，崛起欣同国运连。
廉署爱民依法制，特区治市赖英贤。
十年庆典书功业，青史长存美誉传。

【注】

听说澳门成了人们关心和向往的地方，现正气象蒸蒸、如日中天。自从澳门回归，大振雄风，取得很大成绩。它的崛起同我国国运之兴隆紧密连结在一起。澳门的廉署廉政爱民，依照法制办事，特区治市有赖澳门英贤的努力。十年庆典书写下了十年功业并将青史长存，永传美誉。

佛山禅城诗社成立三周年纪念

禅城结社届三秋，吟域奇葩动众眸。
颂古褒今凭奋力，扬清激浊尚孜求。
诗能化雨潮传汛，德可成风浪逐舟。
改革于兹新理念，文兴国运是宏猷。

【注】

佛山禅城诗社成立已届三周年，这一诗词领域的奇葩使人们大开眼界。诗社社员颂古褒今多有佳作，并在扬清激浊，歌颂时代新风尚和鞭挞邪恶方面，致力写出好作品来。诗如春风化雨，诗潮时传春汛，诗德、诗教可化淳风，好风气推波助澜，如浪逐舟，起着催人进步向上的作用。当前，发展文化产业是改革的新理念，建设文化大市、大省、大国是复兴中华民族，兴邦富国国策的其中一项重大举措。

序王睦武《龙吟集》题一律作引子

笔底龙吟蔚太观，襟怀莫作等闲看。
亦歌亦咏呕心血，时喜时忧见胆肝。
雅俗诗文多梗直，峥嵘岁月系悲欢。
砚池每见风雷动，笔簇云烟卷墨澜。

庆祝中华人民共和国成立六十周年感赋

六十年来天地变，而今国运日兴隆。
人民社稷腰伸直，世界潮流柱砥中。
摆脱贫穷求发展，坚持马列振雄风。
狠抓改革和开放，永葆江山代代红。

【注】

中华人民共和国成立六十年来，我国发生了天翻地覆的变化，而今国运日益兴隆。中国人民掌握了国家命运，伸直了腰板不再屈辱可欺，而是在世界潮流中砥柱中流，在国际事务中起着重要的作用。实践证明，要摆脱贫困，只有不断寻求发展，只有坚持马列主义，才能永振雄风。要继续狠抓改革、开放，永葆人民江山代代红！

感怀柬友

少将意气作刀磨，稍有锋芒鬓渐皤。
学问当求酬事业，光阴岂忍付江河。
但凭正义存真理，不为奸邪写赞歌。
无愧于心胸坦荡，管他什么梦南柯。

庆祝新中国成立六十周年·笔歌墨舞颂中华

六十年来国运昌，辉煌业绩史流芳。
党擎巨帜排忧患，代有雄才作栋梁。
改革寻求新发展，科研奋写大篇章。
军民情谊如鱼水，铁打江山万载长。

【注】

新中国成立六十年来国运昌盛，业绩辉煌。在前进中，党高举马列主义伟大旗帜排除忧患，战胜困难。各个历史时期，党的英明领袖都是时代雄才国之栋梁。

改革使国家和社会有了新的进步和发展。当前，科学进步和高新科技的研究正在奋求发展，谱写大篇章。人民子弟兵和人民群众的骨肉关系，长期以来鱼水般的情谊，更使铁打江山牢固万年。

谈 笑

儿时酷爱诗书画，谈笑于今觅旧尘。
百变沧桑窥万象，廿年学海历千辛。
生涯自昔多磨折，艺术由来最认真。
知识无穷常索取，藏于社会创于民。

1983年夏于北京华侨大厦

参观西北大学感作

当年负笈此闻留，回首瞬将五十秋。
师辈悲随陈岁逝，友侪喜伴故人游。
古都旧貌开生面，大学蓝图豁远眸。
南渡衣冠如未已，故园装扮冀筹谋。

阳关道上有寄

——西北之行，沿途闻大鹏高鸣感作

大鹏振翅发洪音，沿路相催志莫沉。
创业精神凭白手，为人品德喻黄金。
虚怀似竹须高节，秉性如兰证素心。
历尽辛酸知疾苦，阳关道上自骎骎。

第二十三届中华诗词研讨会在西安召开

黄钟大吕衍清音,数十年来漫浸沉。
剖腹无邪舒正气,搜肠有句见深心。
诗兴盛世人为本,笔拥淳风墨是金。
生活之中呈异彩,斑斓共烁势骎骎。

澳门回归祖国十周年喜赋

欢声笑语入岐关,十度春秋计璧还。
酒绿灯红余旧貌,花团锦簇现新颜。
五洲客拥兴商港,三岛桥连活海湾。
今日澳门真崛起,正凭妙手绣江山。

客京华每怀岭海诸老,诗柬叶宝捷诗友

骚坛结谊廿余年,曳尾泥途更着鞭。
每爱华章诗意巧,犹怜佳作画图妍。
京都集萃刊珍品,故里烹茶叙墨缘。
春树暮云伤别隔,天涯几度此情牵。

赞霍松林先生

西安自古帝王都,星闪满天多巨儒。
李杜名篇今尚赞,柳颜宝墨世堪模。
千家史籍传文脉,历代才人道不孤。
此日吟坛钦霍老,泰山北斗岂区区!

香港诗词学会、深圳诗词学会联欢喜赋一律

深港骚坛誉八隈,笔歌墨舞现平台。
醉心时代多佳作,关爱未来有俊才。
德化淳风催好雨,诗扬正气唤春雷。
中华放眼开生面,南国天骄奋夺魁。

纪念唐寅诞辰五百四十周年

我爱当年唐伯虎,诗书俱妙画犹佳。
怀藏日月明心迹,笔傲春秋吐国花。
艺海茫茫珠闪烁,长河滚滚浪淘沙。
古来天道酬才智,彪炳中华一大家。

甲申绍兴兰亭书法节上谢绝记者采访

学海情殷每泛舟,他山借石事追求。
深怜笔墨藏三昧,浅识人生乏一筹。
羊石寻师欣负笈,京华志学厌吹牛。
山阴道上怀王谢,摹写兰亭笔力遒。

【注】

浅识句,自愧涉世未深,一筹莫展。羊石句,余青少年时期曾客居羊城拜访多位名诗书画家学习诗书画。京华句,余任职于中华诗词学会是为了做学问,不敢吹牛。

忭贺梅州市丰顺百人诗会十唱

(一)

百人诗会喜传开,时代新声动八陔。
君具金笺邀客至,我扶银翼自京回。
风雷挟腕鸣春讯,日月明心仰俊才。
未睹蓝关泉水涌,滔滔句似大河来。

(二)

丰顺卅年泰运开,新颜展现粤东隈。
蓝关雪喷玉泉涌,揭岭花开春泽来。
致富常开科技路,图强每见栋梁才。
和谐稳定民心聚,古邑文明睐客来。

【注】
蓝关古关名。在岭南揭阳省道丰顺北面。韩愈贬潮有"雪拥蓝关马不前"句。

(三)

丰顺诗坛喜复开,豪吟壮咏动天隈。
名篇可辑三千首,盛世当歌亿万回!
叹有裁云编锦手,惊多戛玉锻金才。
来年揭岭春增艳,笔醉蓝关我再来。

(四)

风气山城早已开,文明帜树虎山隈。
温泉貌改游人恋,侨梓情深客梦回。
雾锁群峰藏百宝,天连大地觅三才。
争从科技开新境,一代风流榜上来。

【注】
天地人谓之三才。

(五)

时代骚坛丰顺开,吟旌插上虎山隈。
大家云集百余子,壮举梅州第七回!
旨树新风调雅韵,情抒爱国集贤才。
文明社会行为美,创建和谐已到来。

(六)

诗会百人逸兴开,高张彩帜入云隈。
佳盟十载喜同庆,俊彦多名圆梦回。
古镇沧桑惊巨变,新城气韵赞雄才。
齐声共唱梅州颂,丰顺年年睐客来。

(七)

霞布贴邀盛会开,诗家百唱古汤隈。
春风可染山川醉,美酒犹催乡梦回。
志士抒怀多啸傲,壮心感喟总怀才。
骚坛尽把群英阅,举荐贤能此日来。

(八)

绿草如茵遍野开,白梅似雪立墙隈。
春添锦绣留难住,梦惬素心醒不回。
我辈无能唯敬业,天公有眼必怜才。
多情最是诗书画,大小乾坤笔底来。

(九)

揭阳丰顺惜分开,祖辈同居在岭隈。
榕水溯源文脉远,蓝田览胜梦魂回。
一方福境呈千瑞,千载名区聚众才。
共享海滨邹鲁誉,亲犹骨肉自家来。

(十)

鱼雁殷勤雅兴开,心香尚在案之隈。
诗磨脑汁催人瘦,句绕毫端带梦回。
孔氏当开常日座,江郎渐乏少年才。
汤坑沐浴消疲倦,有约明春会再来。

【注】

孔融后汉人,官至北海太守,世称孔北海,传其睐客,有云"孔氏座中客常满"。

读《诗潮》感赋

岁月迷人时代骄,神州此日涌诗潮。
民情国是抒心曲,社会家庭搭咏桥。
志士谁同钱叩首,吟坛自古德撑腰。
千支健笔扬文脉,新作新人风骨标。

谢赠《中国诗词选刊》柬梅里先生

喜见诗词载选刊,千家采撷世之冠。
为扬文脉倾心血,敢为国人献胆肝。
切仄敲平敦雅乐,推陈弃旧尚高难。
新年伫候多珍品,满目琳琅蔚大观。

歌颂改革开放三十周年伟大成就暨迎北京奥运

卅年改革写春秋,崛起中华喜气稠。
港澳回归消夙耻,城乡变化展鸿猷。
奔康致富民心聚,入贸图强国力遒。
盛世和谐萦奥运,全球另眼赞神州。

乙酉蔡楚生百年祭

举世缅怀蔡楚生,影坛百载气峥嵘。
匡时巨片编犹导,爱国深心搏且拼。
历尽艰辛存业绩,博来艺誉动寰瀛。
一江春水渔光曲,南海潮声永不氓。

【注】

蔡楚生原籍广东潮阳,我国电影界元老。编导作品《一江春水向东流》《渔光曲》《南海潮》蜚声海内外。

党的十六大

喜看改革廿余秋,崛起中华誉五洲。
港澳回归消夙耻,城乡变化展鸿猷。
奔康致富民心向,入世图强国运遒。
奋力同兴千载业,紧跟时代火车头。

序《林戈诗文集》聊志二律

（一）

丈夫秉笔抒肝胆，主义萦怀寄意深。
昔顶腥风趋血雨，今凭正气傲诗林。
吟鞭着处驱邪魅，诤论匡时献爱心。
放眼春潮三万里，诗文一卷溢豪忱。

（二）

国换新天喜气临，爱民公仆令人钦。
情融潮汕留清誉，名满梅州见爱心。
毫楮思维皆理念，吟篇气概即胸襟。
源于实践和生活，一卷诗文注赤忱。

2006年秋

【注】

林戈（1928—　），广东揭阳钱坑人，老游击战士，诗人、理论工作者。中共广东省委党校原秘书长，广东岭南诗社副社长。著有《林戈诗文集》和若干党建及诗词理论文章。

序林三伟《桐苇吟草》赋一律为尾声

桐苇吟笺美且珍,喜凭正气作诗人。
百年志业途多曲,千古名山谊最真。
腕底风雷能醒世,毫端气象足传神。
因披肝胆成斯序,与子同娱笔墨春。

2008 年 6 月

建军八十周年有赋

雄狮似铁铸长城,远播威名神鬼惊。
摧倒三山求解放,匡扶四化保和平。
发扬先烈英模史,牢记军民鱼水情。
八十年来跟党走,红旗指处尽欢声。

赞孙轶青会长

（一）

　　钱周建会丰功在，孙老蝉联饮誉长。
　　廿载辛劳繁务重，多番运作八方襄。
　　诗教蔚起淳风振，吟帜高扬道义张。
　　研讨年年添硕果，同心共颂国兴昌。

　　【注】一、二句指首任会长钱昌照，第二任会长周谷城等创建中华诗词学会的功绩永在。孙轶青会长是钱、周任会长时的副会长兼秘书长并继任会长，中华诗词学会第二次代表大会上又被选为会长。

（二）

　　红霞寓里轶青翁，寰宇知名功业隆。
　　齐鲁从军除顽敌，京华执政竭精忠。
　　一生博学多才艺，半纪清廉两袖风。
　　双绝诗书传四海，丹心白发老英雄。

痛悼孙轶青会长有赋

京门落泪吊孙老,哀悼声声痛断肠。
大厦千寻梁已坠,深情卅载谊难忘。
诗文勖我途求进,笔墨贻人室有香。
地下钱周如会晤,吟旌想必又高张。

【注】
钱周,指首任中华诗词学会会长钱昌照,第二任会长周谷城。

缅怀孙轶青会长

结谊忘年卅载前,我随麦老访名贤。
韩祠刻匾华笺赐,岩石摩崖宝字传。
镜海香江同往返,燕山粤水总缠绵。
生离死别人天隔,肠断都门一潸然。

【注】
麦老指我国著名书法家麦华三。1979年我被省借用,随同麦老等赴北京等地学术交流,同访京中诸名士。孙老书赐"壮志凌云"横额,1984年夏重修韩文公祠,又请孙老书写"海滨邹鲁"四字。

岭海诗社二十七周年遥寄

岭海诗坛廿七年,诗沾雨露百花妍。
沧桑巨变添佳景,岁月高歌入壮篇。
乡梓由来称福地,潮人到处誉豪贤。
吟笺遥把心香寄,崛起汕头梦早园。

辛卯中秋前于中华诗词学会

悼念蔡起贤先生

谊重忘年卅载情,人天永别哭先生。
风怀久作楷模学,文字曾将肝胆倾。
恨海难填今日憾,砚田尚待后昆耕。
泉台可访张陈老,更筑吟坛续旧盟。

【注】
张指已故原汕头市副市长、市人大副主任张华云。张华云是当代著名作家、诗人。陈指已故原汕头市委副书记、市政协副主席陈谦。张、陈均是潮汕地区知名诗人。

春日郊游即兴

浩荡东风吹绿野,漫江春色锁红梅。
千条弱柳烟初动,万树繁花颜始开。
陈谢无非循物理,流光叵奈负人才。
余生未问寒和暖,描作画图自主裁。

汕头颂

笔歌墨舞聚吟俦，同颂汕头幸福秋。
城市形成新格局，特区引领大潮流。
和谐社会氛围好，快乐家庭情意投。
环境宜居宜发展，奔康致富上层楼。

旅途述怀

天涯几度骋游骖，结伴诗书北复南。
岁月回看无贱价，江山指顾有雄谈。
行宽眼界心专一，学广胸襟昧得三。
阅世多年求济世，思成铁汉作奇男。

佛山礼赞

禅城肇迹晋唐间，代有人才播宇寰。
南国陶都腾远誉，一方纺织烁斑斓。
卅年崛起成强项，四市相依旺佛山。
喜倡和谐奔大道，黄金岁月换新颜。

【注】
　　佛山历史名人有太平天国英雄陈开、戊戌变法领袖康有为、南洋兄弟烟草公司简氏等。佛山与周边南海、顺德、三水、高明四市自古毗邻相依，现托管该四市。

寄 友

十年一剑几番磨，欲吐长虹叹鬓蟠。
唯有丹心昭日月，犹寻巨石柱江河。
天涯泼墨资行脚，海内吟诗作醉歌。
因唱沧桑添感慨，星移物换话南柯。

柬 友

京华已历十秋冬，远隔云山几万重。
梦里相逢诗意上，笔端挥洒画图中。
宜人岁月添深慨，醉眼山河正美容。
耕暇难忘家国事，荧屏每见爱心同。

【注】
"梦里相逢诗意上"，意谓梦中相逢化成上乘的诗意。

改革开放，汕头形势喜人

丽日南天春意苏，汕头崛起海之隅。
市区秀色裁云锦，乡镇新姿展壮图。
联引机缘开宝鉴，翻番速度骋流驹。
三江水暖欢声动，奋力先登致富途。

【注】
三江指汕头地区境内韩、榕、练三条主要江河。

广东岭南诗社成立二十周年志庆

廿年结谊骋吟骖,巨帜高扬誉岭南。
情系万民情永笃,笔歌四化笔常酣。
争鞭丑恶期廉政,力促和谐最健谈。
为爱中华文脉远,敲平击仄苦犹甘。

报载舟曲山洪泥石流救灾感赋

舟曲山洪泥石流,巨灾牵动国人忧。
水淹无数楼房倒,地陷几多骨肉丢。
总理亲临情意重,官兵首赴爱心投!
八方救援争分秒,一代新风启世眸。

贺周汝昌先生九十寿诞

（一）

羡公博学仰风流，笔有灵光射斗牛。
瀚海文腾波壮阔，云天德厚月温柔。
红楼解梦心魂绕，青史垂名业绩修。
一代宗师桃李茂，称觞祝寿赋高楼。

（二）

肆外闳中学一流，垦红敢作拓荒牛。
毫端正气如刀利，腹底刚肠似水柔。
海吐文章肝胆附，天生曲韵性灵修。
于今桃李盈天下，看景寿山喜上楼。

（三）

仃浇激薄鄙横流，务实求真劲最牛。
因解石头寻梦幻，许同钢铁别刚柔。
京门纳瑞丰功显，海屋添筹大德修。
岳峙渊渟天下仰，春风岁岁入高楼。

（四）

公学公才入主流，鸡刀未见可屠牛。
狂徒肆虐文遭劫，志士持身性亦柔。
已证红楼能醒世，难容黑史再重修！
名山一业寰瀛重，鼓设钟悬乐满楼。

（五）

爱国诗人汇一流，甘当百姓马和牛。
痛鞭腐败声威震，关爱民生笔墨柔。
思想争同时俱进，和谐倡与史齐修。
难忘两百兼三为，聆训谒公欲上楼。

【注】

"两百"即"百花齐放，百家争鸣"文艺方针。"三为"指为人民服务、为无产阶级政治服务、为改革开放和社会主义建设服务。为wèi读仄声。

赠贝闻喜先生题湖光集

识荆仪范钦才艺，半纪分衿照胆肝。
三俊芳名传揭邑，一生正气动诗坛。
湖光集里春常在，海宇年来路更宽。
齿德同尊当上寿，屋梁落月每祷看。

【注】

贝闻喜，男，1923年出生广东揭西，中共党员，曾任揭阳县文联主席，广东岭南诗社顾问，揭阳诗社名誉社长。著作有《湖光集》等。"三俊"：古称刚、柔、正三种品格为三俊。

衡山谒南岳庙

我谒衡山南岳庙，霍王圣帝此间神。
灵台宝洞连星座，铁柱梵宫作毗邻。
寺观双八儒道释，峰巅十六峻嶙峋。
历朝祭祀留碑刻，时下更多祈寿人。

【注】

天下五岳即东岳泰山、南岳衡山、西岳华山、北岳恒山、中岳嵩山。衡山之得名，据《荆州记》载："南岳衡山，朱陵之灵台，太虚之宝洞，上承轸宿，铨德钧物，故曰衡山。""下蹠离宫，摄位火乡，故曰南岳。"因与天文地理有关，在轸星傍有长沙星为主长寿之星，衡山古属长沙所辖，引申其义，南岳也称寿岳，故有"寿比南山"之说。南岳之神曰南岳司天昭圣帝，山神岳神被封为司天霍王，为儒道之神。天柱峰有般若禅林（后改名福严寺）。在南岳大庙配殿的东边有八个道观，西边有八个佛寺，释道共存共荣。南岳衡山共有七十二峰，最高为祝融峰，登上祝融峰可俯览芙蓉、天柱等十六峰，气势嶙峋险峻，互相依偎于天风云海之中。

乙酉冬次韵呈刘征先生

其一

先生岂似寄蜉蝣？管领骚坛春与秋。
岁月如歌长作咏，风光入画每凭楼。
书山已是攀巅顶，学海谁能抵尽头！
涵古茹今公至博，文澜泛起柱中流。

其二

公非寄世若蜉蝣？坚白声名八十秋。
桃李盈门腾雅誉，云烟绕笔萃高楼。
百年英气藏书卷，一瓣心香在案头。
看著吟鞭伸巨臂，诗潮不尽自长流。

丙戌中华诗词学会山西晋城研讨会即兴

丙戌诗朋聚晋城，共倾肝胆吐心声。
和谐社会文风振，改革年华喜气盈。
引吭高吟荣与耻，持身慎别浊和清。
长磨脑汁春常驻，相逢莫笑白发生。

纪念中国人民志愿军抗美援朝六十五周年

当年美帝侵朝鲜,志愿军跨鸭绿江。
不畏强梁惊世界,匡扶弱势保家邦。
比邻自古亲情笃,国际当将道义扛。
共筑长城同携手,雄师似铁赞无双。

自 勉

名山莫道已登峰,谦谨宜追长者风。
帖待临摹形始似,学如赛跑劲毋松。
千帆竞发潮头棹,万里孤飞雾底鸿。
大浪淘沙成法则,能分好歹别雌雄。

【注】
　　从事名山文艺事业,并非已登上艺术之峰。要谦虚谨慎,学习长者的为人与风度。学书法要临摹帖本才能形似;求学问如同赛跑,松劲就会落后。千帆竞发,船在前头才是成绩。大鸟离群,孤飞万里,又在雾中,境况可想而知,这种行动不可取,起码不是好的选择。学问和作品要经得起历史的考验。因为,大浪淘沙优胜劣汰是分好歹、别雌雄的千古法则。

辛卯中秋感赋座右铭一律

古稀将届又中秋，深慨年华似水流。
实事虽难堪致力，虚名至老不能求！
文因益世根源远，德可传家志气遒。
故把斯诗铭座右，为之辛苦为之谋。

寄香港林峰先生

少爱松梅仰竹风，壮心似火老犹疃。
南瀛笔伴春潮涌，北海诗催晓日红。
百卉怡情来画幅，千山醉墨峙蓝空。
大鹏抟翼惊回首，似赞先生意气雄。

赞许典鸿

其一

四十余年任苦辛，胸罗万象笔藏春。
书标骨格铁般硬，画注诗情酒样醇。
花海弄潮能作乐，山川入砚可传真。
由来揭邑文风盛，学子今多步后尘。

其二

自古名人出苦辛，严冬已去是阳春。
四厢花放毫添彩，万壑泉鸣水待醇。
粉墨场窥时世乱，丹青谊见性情真。
我游揭邑岐山畔，艺苑于今无俗尘。

瞻仰广州三元里纪念馆有题

英舰当年攻穗市，奸淫抢掠路横尸。
贪生府吏求和议，抗敌乡民举义旗。
十万人来天欲塌，数千寇蹙命垂危。
我来景仰三元里，曾为中华振国威。

书慨

轻霜掠鬓慨流年，喜有诗情如涌泉。
拥膝儿孙娱晚境，投怀景物壮新篇。
风骚一代求圆梦，史籍千家欲结缘。
愿乞余生三十载，樽前乐享艳阳天。

读复旦大学何佩刚教授赠《山海微吟》诗集有感

山海微吟韵味长，读之口齿尚留香。
风光醉眼皆生色，人物宜心每引吭。
四百余篇藏厚绩，万般大爱载刚肠。
喜看桃李春处处，正气清声总不忘。

癸未中秋书中华颂诗偕诸友登帝豪大酒店

壮咏豪吟春复秋，高扬正气骋诗眸。
世间事业多磨折，眼底山河任唱酬。
家国年来添异彩，环球望里隐烦忧。
挥毫欲写中华颂，信步同登百尺楼。

中国共产党成立九十周年纪念

救民水火兴邦国，九十年来德泽深！
代有雄才施伟略，时谋福祉布佳音。
反腐永固千秋业，改革长连万姓心。
崛起中华惊世界，党之名字四方钦。

【注】

中国共产党把中国人民从水深火热灾难深重的旧中国中解放并建立了新中国，从此，中国逐步走向兴旺发达繁荣富强。九十年来党的德泽深厚。党的历任领导施展雄才大略，时时为祖国、为人民谋福祉，时而频传佳音捷报。长期以来，党领导反腐倡廉是永固千秋基业的大事，改革使国家和人民走向富强之路，永远连通着万姓之心。中华民族的崛起震惊世界，中国共产党的名字备受世界各国的钦佩。

读丰顺旅台乡贤吴觉生思乡一诗有感

爱国情牵陈卓识，心香笔韵泛涟漪。
大鹏奋搏因怀远，游子思归莫叹迟。
荆树开花天注目，艺林结谊士扬眉。
近岁家山春意闹，风光如画亦如诗。

【注】
丰顺原属揭阳县辖，余揭阳籍，故称吴觉生为乡贤。

抗日儒将吴逸志赞

——和欧阳鹤先生新韵

日寇侵华国已危，三光政策罪之魁！
英雄奋把金瓯固，圣土难容铁骑摧。
血浴长沙传首捷，智歼倭寇启心扉。
战区史上三连胜，刻写丰功耀翠微。

附欧阳鹤先生原玉：

投笔从戎赴国危，雄威儒雅将中魁。
千麈赣岭骁军捷，三战长沙寇骑摧。
决胜兵书传卓略，抒怀诗卷敞心扉。
神州春晓君何在，一缕英魂上翠微。

京中和刘柏青《越王台上喜相逢》韵并寄之

毓秀培才冬夏春，蓝田日暖倍相亲。
鹏腾粤海途无限，酒宴羊城味最醇。
每系家山添画卷，同歌盛世作诗人。
京华不觉南天远，和汝心声入梦频。

己丑夏，承叶宝捷先生赠国画木棉图并题七律一首，乃依韵成二律和之

（一）

诗书两绝画尤佳，俨若仙姬饰玉珈。
蕴藉疑通神境界，斑斓似烁佛袈裟。
恒心是铁人添寿，彩墨如金韵化霞。
腕底雷鸣春雨至，艺园竞放四时花。

【注】

叶宝捷,汕头市岭海诗社副社长。玉珈是古代妇女的一种首饰。袈裟是和尚穿在外面的法衣。名山指艺苑,古谓名山事业为文人事业。

(二)

芳丛纵笔世称佳,胜似丽姝饰古珈?
榕树翠同披绿锦,木棉艳似着袈裟。
柳垂来伴水边月,梅放为攀天上霞。
今日东君何处去,画家袖有四时花。

附叶宝捷先生原玉:

己丑三月作木棉图并题七律一首就教于刘麒子先生

使君气宇得清佳,玉盏高擎胜珞珈。
耿直千秋铸锡杖,虔诚万树着袈裟。
隆冬曾睥狂飙雪,寒夜宁忘旖旎霞。
莫道暮春花渐瘦,满城盛放木棉花。

汕头市第五届迎春联欢节喜赋

春来喜气聚鮀城，环宇嘉宾笑语盈。
五度联欢添挚谊，一心爱国寄乡情。
风流业绩蓝图绘，锦绣山河赤帜擎。
共举金杯同祝愿：汕头昌盛日繁荣！

全国第二十五届中华诗词研讨会在黑龙江肇源召开

诗待继承求发展，今年研讨肇源开。
名家献曝陈高见，学者通心见隽才。
时代相依精品出，潮流奋进佳作来。
坚持两位和双百，笔可催春响巨雷。

公元1979年秋同麦华三先生赴沪宁苏杭书法交流，于苏州与军旅青年书家金龙相识，金龙君以其所书百寿百体墨宝见赠结翰墨缘，2011年夏深圳重逢，转瞬三十二载，席间即兴成一律

卅二年前缔墨缘，苏州一别两茫然。
君贻百寿留情结，我觅三余泛画船。
唯有诗书根脉共，虽非骨肉梦魂牵。
鹏城此日重相见，写下同倾肺腑篇。

辛卯端阳诗人节港澳深暨各地诗人盛会次韵香港诗词学会会长林峰先生八咏

（一）

漫写新诗笔力遒，许同书画傲春秋。
常歌景物如花艳，却慨年华似水流。
艺苑谁分优与劣，骚坛我爱唱和酬。
危峰万仞常攀越，山外有山未尽头。

（二）

吾爱写诗数十年，为之常废食和眠。
吟坛饱历忧兼喜，艺海仍寻岸与边。
喜缔骚盟缘夙好，欣逢盛世恋新天。
高山流水情无限，一唱佳篇一粲然。

（三）

中华代有好儿郎，多少英雄载史章！
国学于今存正脉，民心自古证兴亡。
已看黎庶成基石，时涌贤才作栋梁。
万里山河含笑意，日新月异话沧桑。

(四)

年将七十古来稀,百岁而今未必归。
笔写黄庭心尚壮,诗题泰岳势崔巍。
曾闻奇士来清政,每见鸿儒出布衣。
拙句殷勤深意在,燕山粤海总依依。

(五)

鹏湾践约故人来,应有心花诗雨栽。
日暖骚坛筹会咏,月开天镜待徘徊。
我挥秃笔贻清赏,君诵鸿篇动讲台。
宾主中多瀛海客,席间浊酒喜重开。

【注】
古人以清酒为"圣人",浊酒为"贤人"。

(六)

茫茫艺海卷波澜,热浪翻腾瞬转寒。
世态如能规律视,人情自可客观看。
大儒笃学方成博,君子知仁始见丹。
流水高山美谈久,古今典籍俱登刊。

（七）

诗书俱老每重温，更证诗魂是国魂。
细读精临忘寝食，低吟浅咏任晨昏。
高山不恐崿能坠，大海谁知鹏即鲲！
长者薪传仙去久，愿成高格谢师门。

（八）

辛卯端阳深圳行，山欢水笑客途平。
荔园果熟诗添味，砚海情融笔可耕。
港澳诗人歌盛会，寰瀛墨客咏新城。
兼程汕尾画图展，时代潮来壮有声。

附林峰先生原玉：

诗奉麒子兄卅二韵

（一）

笔底乾坤岁月遒，悠悠往事白云秋。
五年际遇存心底，千里暌离系水流。
为答高情诗八咏，不忘故友句难酬。
集珍艺海诚无价，愧对先生我白头。

（二）

叹我诗怀已暮年，尘心漠漠枕书眠。
芸窗烟树萧萧外，书幅流云淡淡边。
幸有名家才子笔，喜从南越故乡天。
竹林知遇千秋客，浅唱低吟亦浩然。

（三）

此生有幸识刘郎，刻烛题诗绕建章。
廿又三年彰史笔，一从千树问桃亡。
雪泥何处留鸿爪，镰月低时落屋梁。
头白未忘天下事，还看金屋起沧桑。

（四）

一头白发故人稀，持绝斯文陋巷归。
笔赋万言书缱绻，心存千古意崔巍。
行行独有君知我，款款谁能自振衣。
风雨横舟人共济，天涯何处不依依。

（五）

一枝聊寄陇头来，含萼君前竹院栽。
雪巷留香花雅健，霜风吹玉夜徘徊。
心田我待耕时雨，枕石矶斜筑钓台。
自古风流归巷陌，檐前冷月伴梅开。

（六）

当年瀛海起波澜，几许钟声几许寒。
何事水流沉石转，满天风动倚栏看。
擎旗独臂呼云汉，点烛唯君照我丹。
此情久未酬知己，一赋章华岂足刊。

（七）

连袂汤城酒已温，同游汶水半销魂。
无才不觉天高下，一梦方知地晓昏。
揭岭山前思日月，龙归寨上话鹏鲲。
年华五载诚如昨，自惜千诗拜北门。

（八）

汕尾南游结伴行，奔驰一瞬海云平。
萧萧玉雨心如洗，荦荦金毫笔再耕。
子在燕台余在巷，余居山谷子居城。
焦桐栎木寻常物，掷地才知楚郑声。

中国共产党成立九十周年礼赞

九十春秋天地颂,党之功业谱华章。
救民水火兴中国,醒世风云斗列强。
黎庶同心奔福境,山河逐日换新装。
和平发展康庄路,赤帜高扬泰运昌。

【注】

中国共产党成立九十年来,功劳业绩天高地厚,天地同颂,谱写下壮丽篇章。党把中国人民从水深火热、苦难深重的旧中国解放并走上立国兴邦富国图强之路。长期以来。觉醒的中国共产党人,领导全国人民奋起同妄图觊觎和侵略、瓜分中国的帝国主义列强作斗争直至胜利。全国人民在党的领导下同心奔向社会主义、共产主义福境。祖国山河正日新月异频添光彩,中国人民正沿着和平发展的康庄大道前进,红旗高高飘扬,国家泰运兴昌。

庆祝中国共产党成立九十周年看今日中华诗坛

骚坛近岁添生气,继往开来巨帜张。
共颂和谐兴国运,同歌改革谱华章。
诗评乡市淳风蔚,教重校园德育忙。
时代之声传万里,吟潮滚滚调昂扬。

汕头经济特区三十周年有寄

(一)

回首韶华卅载间,大潮涌起气如山。
兴工辟贸争联引,解困除贫历苦艰。
史籍千秋铭壮举,海滩百里展新颜。
今须奋搏从头越,无愧特区莫等闲。

(二)

卅载辛劳建特区,汕头已是粤明珠。
荒滩渐现新都市,海角同奔幸福途。
科技之兴当务急,人才广揽赖持扶。
中心携手潮腾起,功业千秋大势趋。

五言仿古

初谒董寿平先生于荣宝斋有作

翰苑真名士，铿锵董寿平。
写梅中国醉[①]，写竹北方惊[②]。
梅傲凌霜雪，寒姿天地清。
竹高标气节，能使众心倾。
挥洒精神烁，毫端总有情。
作书龙蛇舞，语壮发天声。
山水凝魂魄，风怀见性灵。
墨浓松石现，危耸向天横。
烟云绕万壑，跌宕听泉鸣。
信手拈神笔，满纸俱峥嵘。
我至因求学，我来怀志诚。
得师能万一，真可慰平生。

【注】

① 董老作品在国外展出，华侨有"梅花神韵，令中国人皆醉"留言。

② 董老画墨竹有"南刘北董"之誉，轰动一时，即"南有刘昌潮，北有董寿平"。

戊辰冬游广州白云山蒲涧遣兴作仿古一首

郑期名隐士，采药云山嵎。
饥渴餐霞露，悬壶救万夫。
秦皇为延寿，下旨寻菖蒲。
暴虐焉能听，贤人道不孤。
食之骑鹤去，微笑在天途。

【注】

相传秦时名隐士郑期于白云山蒲涧隐居采药，悬壶救世。蒲涧中有名贵药材十二节菖蒲，食之可得长生，秦始皇闻知后下旨令郑期采药进贡，郑于蒲涧山中果然采到十二节菖蒲，因知秦始皇之暴虐成性，如得长生必然贻害于世，乃自食之，谁知突然间身体飘然腾空而起，并有白鹤飞来身边，郑即骑上白鹤飞向天上。广州人称男士为先生，简称往往以姓或名称某生，称郑期为"阿期生"，外地人误以"安期生"称之。故古书上有安期生之记载。

甲子中秋岭海诗社成立作仿古一首赞张华云先生

我赞华云老，才名满粤东。
生成豪爽格，养就倔强风。
治学经书富，守身家道穷。
当年左肆虐，正气傲天穹。
反右遭坑害，冤情谁与同？
劫灾"文革"日，挨斗受围攻。
写戏皆成罪，编于"老九"中。
雷鸣天地动，尽扫害人虫。
改革兼开放，神州春日融。
张公神抖擞，结社聚群雄。
大颂新时代，吟笺表挚衷。
新诗逾百首，爱国气如虹。
志士虽耆耄，毋忘再立功。
我来歌叠唱，盛赞华云翁。
景仰青山翠，笑看夕照红。

题雷正民先生巨幅山水画

问谁作此画，雷老芳名附。
山水创新风，格高意独具。
砚池水墨融，心血凝春雨。
笔底画图雄，我来细心顾。
遥看瀑布悬，隐约霞光布。
似水泉呜咽，半空飘练素。
斜坡绿水边，亭阁盘鹰鹜。
人立扁舟前，溪山横野渡。
我惊巨构妍，跌宕饶奇趣。
心被画魂牵，千看犹不恶。
情殷翰墨缘，七谒先生寓。
始悉籍山西，少年才气露。
学勤如步梯，央美三秋度。
志不比天低，援朝抗美赴。
凯旋归国日，影厂画风树。
抟翼鹏飞兮，国家美协驻。
擎旗道不迷，创作犹繁务。
谦谨与贤齐，画家呵且护。
韶华奈汝奚？虽退未画句。
飞鸿踏雪泥，坦荡人生路。
嘶风马奋蹄，晓日正熙煦。
画卷出新题，画风添举措。
画坛艺与跻，更是声名塑。
数展见端倪，国人同睐注。

门庭接踵挤,桃李成知遇。
桃李已成蹊,因怜芳草晤。
草芳秀又萋,喜把知音数。
心底有灵犀,师生齐迈步。

老干吟

老干小苗栽,久经风雨摧。
喜看高格调,成荫亦成材。
天地浩然气,功恩日月来。
投身于社会,得失未曾猜。
或作栋梁用,或为精品坯。
若非身蛀烂,不致燃成灰。
良木人间重,颂歌千百回。

讴歌党的十五大

党之十五大,举国俱神驰!
前后相承继,宏开百世基。
邓公理论帜,高举不能移!
全党明方向,史篇万古垂!
百年三巨变,革命路途崎。
马列孙毛邓,后人长仰思!
功归共产党,方可降妖魑。
党之理论史,飞跃两时期。
马列于中国,继承发展之!
生民困水火,外患内忧时。
确立毛思想,指挥百万师。
缔建党和国,东方醒睡狮。
邓公明似镜,三起济时危。
理论重充实,实践出真知。
胆识惊天地,从容国策施。
国情系特色,建设不偏离。
改革和开放,犹如雨露滋。
廿年兴国运,百姓喜扬眉。
新近五年里,堪跨业迹奇。
南巡一席话,十亿奋跟随,
"有利于"原则,明途辨正歧。
宏观论发展,精辟无伦比。
市场与计划,阐明解众疑。
特区路子好,机遇露晨曦。

经济纷纷上，翻番尚觉迟。
潜龙腾四海，万国凤来仪。
企业争联引，情牵内外资。
应怜赤子心，爱国最情痴！
沿海允先富，小康显作为。
毋忘抓两翼，内陆脱贫饥。
一国存两制，统一是前提。
两岸共翘企，莫贻后世嗤！
坚持此政策，半纪长如斯。
澳港回归庆，欢声震四夷。
中华已崛起，谁敢再凌欺？！
领袖怀天下，民心即颂诗！
中央此盛会，宏旨春风吹，
四海风鹏举，八方竞骥骐！
神州九万里，无处不新姿！
阶段犹初级，计程甘如饴。
雄心振国企，改革向前推。
机构求精简，效高是钥匙，
国魂系教育，党政一心支，
集体私营上，那堪落后谁！
推行股份制，突破旧陈规！
发展高科技，欲将世界追。
文风千载盛，叶茂花盈枝。
"两百"系"三为"，明时最适宜。
雄师现代化，卫国安边陲。
永远不称霸，逐年裁虎貔。

军民如鱼水，传统不能遗！
民族大团结，和衷致顺绥。
齐心同爱国，向日如丹葵。
民众思安定，国家求大治。
反腐加力度，肃纪未能疲。
德政开贤路，专权出误差。
封资黄赌毒，岂许复僵尸！
理论旗高举，前路现鸿禧。
齐跨新世纪，关键在坚持！
拥护党中央，全民共一辞。
壮哉十五大，青史勒丰碑！

1997 年 9 月 12 日于汕头

【注】

"虎貔"比喻勇猛的军队。汉、唐以虎貔、虎豼封为武官职谓。明太祖朱元璋诗："虎貔数万众，直欲作南征。"句中意思是逐年裁减军队。

愿趁春风苏 齐跨千里骥

汕头经济特区十周年纪绩并颂扩大范围

改革促开放，中兴标卓识。
汕头办特区，十载呈功绩。
十载若须臾，千秋光史志。
殷殷世耳濡，昌盛从斯起。
忆昔海之隅，黄沙风日恣。
重洋过轴轳，僻壤思根治。
财力焉能敷？封关亦一忌！
虽将心血呕，未把贫困避。
特区建龙湖，胜似春风吹！
利用特和殊，中央明指示。
甘霖旱所需，梦寐犹翘企。
政策家家喻，颁行付实施。
一呼起万夫，不坠冲霄志！
"联引""桥梁"铺，发挥"窗口"四。
能源与运输，电讯纷罗致。
教育暨文娱，商场医院备。
楼高百尺逾，厂栈分层次。
百业赖持扶，金融机构置。
侨乡誉不诬，赤子多情谊。
桑梓迢迢途，唯恨投资迟。
凤舞因巢俱，齐心共奋臂。
蓝图乃壮图，才俊相将至。

发土掘明珠，佳时称范懿。
门开万国揄，创业非容易。
拼搏排千虞，成功树一帜。
敢将虎豹屠，何惧锋芒试！
工贸并驰驱，三资同振翅。
海洋源不枯，开发求真值。
经营智与愚，管理含深义。
商品活售沽，旅游抓不弃。
增盈亿万铢，地产居高位。
科技步先趋，高尖亨得利。
十年业不朽，遍地含春醉。
城市俨天都，通衢如网织。
黄金碧玉缕，异采飘佳致。
民众小康愉，文明花竞瑞。
腾龙出岛隅，无愧发祥地。
此日扩规模，粤东大喜事！
乡心岂可无？畅惬潮人意。
愿趁东风苏，齐跨千里骥！

张作斌诗翁八十高龄

回顾名山谊，今逾四十年。
公名传四海，正气干云天。
从政身先正，眼明道不偏。
从文摒陋俗，度德访名贤。
新风随润物，邪气莫沾边。
正廉明似镜，文盛卉争妍。
百粤诗坛筑，欲将文脉传。
多年心血注，重任落双肩。
吟苑群英聚，采风广结缘。
殷勤近廿载，佳作万千篇。
《当代诗词》选，声名更卓然。
诗翁多俊彦，世敬公犹虔。
公龄虽八十，壮心尚拳拳。
日成诗数首，谦与我商研。
暇日寻芳讯，犹能胜步还。
白云山下望，意欲攀峰巅。
嬉笑如年少，相顾乐绵绵。

【注】

张作斌（1924- ），中共广东省委宣传部原常务副部长、中华诗词学会顾问、广东中华诗词学会名誉会长。

粤东怀杨金亭、丁国成诗长成仿古一首

昔识金亭老，相逢见至诚。
才高仰慕众，襟正惠风清。
砥砺牵扶久，吟哦助笔耕，
诗刊犹翠苑，叶绿花争荣。
琢玉精成器，锻金壮有声。
题字成碑刻，蜚声惠来城。
星河三作颂，墨迹珍宝横。
虎坊名气远，诗誉动寰瀛。
时识国成兄，共将肝胆鸣。
宽和饮厚德，仁爱见真情。
风骨文章里，听之如凤鸣。
毫端标正气，艺事耻虚名。
促膝谈编撰，识深睿智明。
数刊文醒世，心血每全倾。
《诗国》更如此，精神总结晶。
尔来三十载，何幸识杨丁。
笔墨生缘分，骚坛赞巨旌。
京华云海外，鸿雁意非轻。
千古名山谊，梦绕诗心萦。
曾记鹏风远，纵横万里程。
今仰高山望，依依对晚晴。
天涯心与共，聊可慰平生。

2009 年秋

【注】

① 杨金亭老亦师亦友数十年。杨老曾题诗赠惠来世铿院刻石。

② 杨老曾先后题诗赠潮汕星河馆落成和潮汕星河十年、二十年纪念。

③ 丁国成先生为当代文章魁首，于《诗刊》杂志任副主编蜚声内外。一从相见如沐春风，每与切磋诗词、文章，长聆教益，多少年来亦师亦友，关爱殊深。其创办《诗国》杂志内容丰富，精品感人，为之竭尽心血，饮誉瀛寰。

④ 第二次全国诗代会时丁国成公选为副会长，当众力辞未允，感动全体代表。

七言仿古

仰昆仑

怀念习仲勋同志二三事

多少年来怀习老，我之脑海涌波涛。
习公昔日垂青睐，小岛多回勉且褒①。
看望麦翁危陋室，遂帮儒士解煎熬②。
赴京握别谆谆语，恭绰先生才气高③。
书艺纵谈夸麦老，南天芳草作书豪④。
国初宪法书丹楷，麟角珍兮犹凤毛。
主席诗词成五体，流行全国壮吟骚。
东洋麦体传扬久，来访尤钦公守操。
出版行书悼总理，吟诗举国共悲号。
任中抹暇寻相见，畅叙如同饮美醪。
示赴苏杭宁沪去，交流学术弃忉忉⑤。
翌年复召京相会，宾主情长肺腑掏。
而复周公陪接待，同堂合影乐陶陶⑥。
中南海款荷包蛋，交道口尝风味糕。
挚谊深情缘笔墨，座间乘兴共挥毫。
日中书法交流史，早与名家先念叨⑦。
学者多名匡盛举，见仁见智论滔滔。
国之瑰宝同呵护，任重公曹亦我曹。
部长声称襄一臂，不遗余力不辞劳。
铭心刻骨难忘记，世唯文心情意绸！
耀邦同志来潮汕，视察韩祠示再修⑧。
拟建碑林扬国粹，亦弘文化振潮州⑨

汕头派我奔全国，柬请名家笔墨讴。
俊彦虽多邀非易，首都更要请名流。
诸师延笔函名士，我向习公作面求。
非但允吾之所请，尤邀部长朱和周⑩。
细陈韩愈贬潮事，千古一人赞不休。
山水姓韩传史册，任期八月誉千秋。
自言任粤虽非久，若比韩公感愧羞。
共产党人当发愤，为民为国勇担忧。
韩祠今已重修葺，建设碑林助旅游。
一方文化求发展，我亦题词共带头。
部长情深鼎力助，京中名士并筹谋。
韶华转瞬卅余载，厚德依然心版留。
如仰昆仑怀习老，载之诗史写风流。

2006 年春

【注】

① 习仲勋同志在广东省委工作期间曾几次接见麦华三先生，均由我陪同。

② 习书记曾和夫人齐心同志看望麦华三先生，当他发现麦老全家十余口共住一古屋危房时，即批示给省、市有关部门为麦老解决一套住房。

③ 叶恭绰先生和中山大学校长金曾澄均是麦华三先生的好友，两人都曾为麦老《古今书法汇编》《历代书法讲座》二书作序。抗战时，中大搬到广东韶关坪石，学校曾专门为麦老举办书法展览。

④ 习仲勋同志赴京任职前接见麦老时，谈及早年叶恭绰先生在政务院参事室和中央文史研究馆工作时曾介绍过麦老的书法与为人。1954年麦老以楷书抄写我国第一部宪

法由国家存档。1965年麦老书写毛主席诗词篆隶楷行草五体出版发行。1976年麦老的《悼念周恩来总理诗词选》行书字帖，由上海书画出版社出版。麦老曾先后多次接待日本书道团来访。其著作《古今书法汇通》解放前就已流传日本。

⑤ 习书记从资料中了解到麦华三先生在"文革"时的境况，直到日本书道团访华时向周恩来总理提出要专访麦华三才能从牛栏出来，安慰麦老要忘记过去的忧愁，在编写《日本书道史》和《中国书法史》时要放松身体，注意休息。提出由省里介绍到沪宁苏杭走走，和各地知名书法家进行学术交流，征求意见，这对著作和身体都有好处。

⑥ 习仲勋同志和夫人齐心同志在中南海他的办公室接见麦老和我，在场还有文化部副部长周而复等，并一起合影留念。习书记请我们吃荷包蛋，说是他家乡款待贵客的传统风俗，还请我们到交道口他的住居做客，款待各种著名风味糕点和水果。

⑦ 麦老出版《中日书法交流史》《日本书道史》一事曾先后分别和中国书协副主席赵朴初、陈叔亮、启功、沙孟海先生等探讨过，并提出了很多宝贵的意见。

⑧ 胡耀邦同志1984年春来汕头视察，当时的汕头、潮州、揭阳等市县隶属汕头管辖，由市委书记林兴胜陪同视察潮州，并参观已破旧不堪（作为民办工厂）的韩文公祠，指示重修，广东省委、汕头市委很重视，汕头市委指示潮州市委做好规划，在原地规划重建，并拟增建碑林和四亭一阁。

⑨ 我被汕头市委、市政府派赴北京和全国各地征请名家为重修韩祠题词作书时，曾请麦华三、赵朴初、刘海粟、陈叔亮等写信给他们的好友、名家协助。

⑩ 部长朱和周指文化部长朱穆之、副部长周而复。

墨竹吟

　　已故名画家,汕头画院首任院长刘昌潮(1907-1996),一生驰骋画坛,德艺双馨。其早年得名师孙裴谷薪传,尔后毕业于上海美专,与海派一脉相承,犹深得吴门三昧,且法传统、师造化,升华凝固,独辟蹊径。其山水、花卉,均为当代国画之精品,尤以画竹妙臻绝伦,有北董南刘之誉(即北有董寿平,南有刘昌潮)。名画家关山月、黎雄才与之交谊甚笃,每赞其墨竹清新高雅,画如其人。郭沫若爱其墨竹,誉之为当代郑板桥。天安门城楼、人民大会堂均有其佳作。潮汕民间以收藏悬挂"昌潮竹"为荣。余1965年曾写下《墨竹吟》古风一首,今稍事修改,以志怀念之忱。

　　君不见先生写竹称平生,风格高标笔纵横。
　　但看胸中有成竹,婆娑姿态常峥嵘。
　　请君共赏此一帧,满目清新四座倾。
　　中有良苗成荫蔽,浓阴乃借墨滋荣。
　　枝叶交柯相掩映,东西顾盼自生情。
　　翠竹风来摇玉树,老根吸地如蟠鲸。
　　嫩叶新篁无败节,我亦因之以竹思人仰其名。
　　君不见南山有竹万千竿,云气横封吞赤日。
　　篁林茁茁簇奇姿,势如瀚海涛声溢。
　　先生爱竹南山巅,风霜雨露情款密。
　　得师造化赖天然,年少当时气豪逸。
　　又不见竹号古来君子称,画竹如操君子笔。
　　一枝一叶细揣摩,姿容气韵装心室。
　　山雨斜风荡八音,藏蛇起凤龙飞疾。

尔来写尽琅玕竹千行，画卷知添第几册？
再不见湘水茫茫竹莹莹，湘江洗笔笔写真，
写得潇湘竹意尽，竹从笔下见精神。
碧玉千竿留倩影，苦心更待竹心萌。
更不见负笈申江万里行，吴门三昧育精英，
衣钵薪传承一脉，画坛独步众人惊，
归来八方争索竹，名标寰宇动鮀城。
君不见雄才山月旧相熟，品竹评兰深叹服，
每谓先生格调高，毫端便可知心腹！
知情郭老多美誉，当代板桥语铮铮。
顿教画家添颜色，顿使前贤被人轻！
君应见天安门上悬佳作，大会堂中墨竹香。
北董南刘名内外，友邦索画争收藏。
我虽酷爱先生竹，写诗元不捧场来，
桃李无言下成蹊，今犹桃李普天栽。
先生以竹名天下，应是功力亦天才，
况其一生深爱竹，以竹论心志不灰。
能虚其心坚其节，妙笔传神生面开，
孜孜不倦数十载，天才勤奋难分开。
有人画竹不知此，竹难成竹胡为哉，
吁嗟乎，竹难成竹胡为哉？！

题黎雄才先生山水

先生笔底皆山水，挥洒图藏天下美。
泰岳黄山入画中，瀛寰震动声名起。
昔年砚底已潜龙，墨泼风云书亦工。
雨后溪山初染翠，梅花数点报春融。
春融已醉万重山，走笔天涯每往还。
留得画图万千幅，江山傲笑露新颜。
江山傲笑露新颜，一代名家莫等闲。
自古人才非易得，几多心血与辛艰。
健笔千支穿铁砚，换来画卷烁斑斓。
中华永焕光和彩，画卷长留天地间！

1981 年 7 月于广州

赞名画家黄胄先生

清诗百唱歌黄胄,结谊忘年师亦友。
笔底丹青民族魂,个中风味浓于酒。
曾将画作赠珍存,捧入怀中不释手。
昔日依依为感恩,多番拜访聆座右。
先生正气傲乾坤,文劫当年成老九。
批斗强将苦水吞,任凭凌辱折磨久。
时来雾散日盈门,不计前嫌迈步走。
中国画坛扬巨幡,诸多巨制皆不朽。
一生形象若昆仑,传艺育人仁且厚。
桃李丰盈硕果繁,名山谊重长相守。
门人次第入高轩,辈出英才雄赳赳。
怀念先生情最温,朗朗诗句总随口。
亦歌亦颂不辞烦,亦是多年真感受。

1983 年于北京

礐石吟

　　汕头礐石自开埠伊始，即为外国领事馆、海关、教堂、别墅丛集之地。新中国建国后，董必武、郭沫若、陶铸、周扬、田汉、老舍等名人先后流连于此，赋诗赞美，更使礐石声名远播。改革开放之后，礐石风景区姿容焕发，被定为广东省重点风景名胜区。爰赋此篇，以歌胜景。

礐石南横呈画幅，海天气壮云飞逐。
峰峦十八起潜蛟，一脉名山天下独！
上有青龙吐此珠，中分白蟒落飞瀑。
龙泉古洞泉涓涓，蟹不横行龟颈缩。
细雨如酥曙色清，春风阵阵谱晨曲。
潮音海韵情何深，如画如诗堪品读！
路转峰回别有天，溪山处处松林郁。
桃花涧外辨青溪，底洞连环穿峡谷。
海角石林渐可寻，飘然亭在云间伏。
楼台飞叠接天街，津坞谁将庭榭筑？
误道仙家溢茗香，依稀云霭传丝竹。
奇峰翠挹美人妆，绿沼凝眸荷馥馥。
滴翠晴岚映镜波，遥怜西子春山蹙。
苏埃景趣胜桃源，啸石若聆泉万斛。
烟起香炉绕远山，天坛庙宇如天竺。
焰峰潋滟塔山娇，美在山重与水复。
狮象奇岩峙两边，七星洞府争祈福。
宫鞋胜迹杳无踪，此地神娃曾放牧。
探胜斜穿一线天，平台夜可窥星宿。

飞来巨石誉皇冠，海展绿笺笔架矗。
喜有角亭衔远山，举头似见图千轴。
我来更欲访名碑，百家真迹题山麓。
书坛俊彦笔峥嵘，满目琳琅英气扑。
日月升腾岭海间，山川灵气此臻毓。
潮人福境誉南天，邹鲁之邦堪叹服。
百载商埠万国船，粤东胜景荣光沐。
回看改革特区人，成就得来非一蹴。
锦绣山川锦绣图，征途四化争鞭速。
汕头望里日繁华，气象万千豁远目。
巨轮鸣笛系五洲，彩云远伴三江舳。
寄情山水喜登攀，舒啸归来星斗簇。

己未秋题师鸿先生所赠八骏图古风一首

伯乐当年过冀北，凝眸一顾马群空。
陈侯昔日游天下，天下英才愿效忠。
揽辔一呼千骑出，相将骋骤任西东。
陈侯伯乐今安在？感此吾犹太息中。
今见先生画八骏，龙腾虎跃啸长风。
呼之欲出来天半，奋起昂头傲太穹。
笔墨原来能造物，挥挥洒洒夺天工。
我题八骏钦神笔，四海咸知诗画雄。

中国之兴先富农

加快发展民营科技企业，实现富国富农

高唱颂歌迎世纪，沧桑百载忧和喜。
一从改革荡春风，今日农村非昔比，
建国历经数十秋，农村温饱最堪愁！
人多地少穷根固，路向何方争不休。
改革春雷震八荒，睡狮奋醒气昂扬。
大兴工贸异军起，亿万农民奔小康。
乡镇纷纷办企业，星罗棋布遍农庄。
温州火热特区盛，沿海沿江飞凤凰。
凤凰飞出穷乡壤，外引内联动四方。
沿海贫穷迹已陈，乡村处处市声频。
琼楼玉阁如仙境，时代农家富贵春。
姥姥爷爷常感叹，深心体会最情真：
如无改革和开放，仍是辛酸穷苦人！
极左风云天欲阴，姓资姓社费沉吟。
小平讲话明非是，政策出台暖人心！
个体民营重崛起，产销效益驰佳音。
三分天下有其二，业绩惊人中外钦。
工贸兴农重远谋，如何更上一层楼？
今春改宪新规定，保护私营解众忧。
目今形胜东南美，西北犹穷当奋起。
为使神州尽笑颜，东风应趁燎原势。
且看当前新世界，高新技术占鳌头。

为求经济高增长,科技民营速运筹。
设备更新抓技改,市场中外重名优。
交通电讯为基础,环保能源资应投。
产品创新争出口,名牌竞向国门走。
五洲四海会良朋,合作合资同携手。
政策扶持早出台,民营企业盼英才。
大专院校多培训,人事绿灯尽快开。
银行信贷应支持,政府牵头助解危。
蓄水养鱼求效益,诸多关注莫嫌辞。
旧日船小好掉头,一经风浪任沉浮。
大船能顶风和浪,股份集约共济舟。
中国之兴先富农,富农壮大贸和工。
尤其发展高科技,经济腾飞路始通。
廿年改革丰碑在,农村农业挂心中。
每自临风怀邓公!喜迎世纪壮歌雄。
共祝农村日富裕,中华民族更昌隆!

奉题陈谦同志《苑边草》诗集

神仙洞府苑边草，贵曰灵芝寿有年。
风雨经天霜又雪，金茎铁骨自鲜妍。
谦翁一集"苑边草"，荡气回肠三百篇。
诗随足迹歌心迹，款款风怀天下先。
我十年前始识荆，钦其雅誉仰其名。
笔端每见风云气，共著吟鞭心腹倾。
君不见昏天黑地旧春秋，卢沟烽火陷神州。
血雨腥风惊突变，金瓯破缺国魂愁。
又不见戎马当年创业艰，万里从军抗敌顽。
义胆忠肝昭日月，红旗动处烁斑斓！
君不闻解放战歌唤英杰，拯救黎民水火热。
铁窗磨难见丹心，党史庄严标硕节！
又不闻残冬过尽春花吐，为民勤政赤忱注。
"林凶""四逆"丧心狂，肆虐中华神鬼怒。
君当见腊梅傲雪对天笑，马列胸中红日照，
顶压千钧腰不弯，晨曦再现清诗啸。
喜看岭霞如画娇，更迎大海动春潮！
山川万里新供眼，俱入诗家笔底描。
五十余年革命途，清名远重粤东区。
岁寒终古知松柏，亮节高风树楷模。
我闻百里之内多英物，天为贤者每开颜。
志士终难沉宦海，诗人自是恋"名山"！
豪吟我爱"苑边草"，犹觉诗如珠玉般。
与汝高歌千百遍，长留珠玉在人间。
噫吁哉，长留珠玉在人间！

陈望赞

君不见女娲炼石石崔嵬,日喷霞光云绚彩。
四极成时天地安,九霄潋滟绽芳蕾。
因将颜色润人间,大地斑斓分五彩。
代有名家画笔骄,风流挥洒丹青在。
画中万物俱传神,声誉不随时代改。
有若唐寅与板桥,而今声价高千倍。
悲鸿健骏苦禅鹰,市上千金不易买。
贵在相承发展来,滋肩春雨漫天洒。
君不见潮汕人钦陈望翁,画坛半纪气犹雄。
金鸡晓唱融春意,植艺培才系挚衷。
陈望龄高逾七秩,平生风范谦和实。
品如兰竹可论心,谈吐之间标气质。
回忆神交卅载余,忘年笃谊于心室。
君当见铜之为镜整衣冠,人作镜兮知得失。
古谓金针可度人,难能表里常如一。
春风入座仰其名,版刻功深刀与笔。
我乃为之发浩歌,诗如泉涌豪情溢。
公生揭邑古棉湖,小少胸襟有壮图。
就学南侨为抗日,投身革命不踟躇。
救亡如火亦如荼,画笔如椽感万夫。
唤起农工惊敌胆,一时名气动苏区。
君应见由来沃土育名花,抗协结缘版画家。
砥砺切磋艺大进,心从笔底向天涯。
又应见山河破碎恨何深,跋涉长途入桂林。

地下党中刀即笔，一腔热血寄雄心！
旋由渝峡赴暹罗，版画无声亦战歌。
泰俗侨情缘笔墨，心声呼应气相和。
湄公河畔执教鞭，异国传薪启后贤。
三载侨居鱼与水，画中憧憬有新天。
故园将曙露晨曦，应是归来创业时。
欲挂风帆豪语壮，终身为国可忘私！
欢呼解放醒神州，天下穷人喜出头。
共创辉煌新世界，征程漫漫笑开眸。
文联美协迈新途，"双百"坚持"两为"俱。
深入农村下厂矿，画如美玉缀明珠。
君莫忘"文革"当年起妖风，岁月凄凉十载中。
知识无端斥反动，文人竟与罪人同！
朝阳破雾早霞红，大厦岂能容蛀虫？！
"四害"驱除讨叛贼，煌煌青史记丰功。
正扶乱拨体民衷，举国称扬颂邓公。
更喜南巡一席话，金桥架设坦途通。
夭桃艳李赖持扶，斗艳争娇傲海隅。
为爱满园花似锦，虽枯老树逢春苏。
尔来重担不离肩，任是辛劳意更虔。
墨舞笔歌新气象，花开翰苑竞春妍。
画中三昧孰为先，传统继承法自然。
日月风云归眼底，好山好水结情缘。
黄山泰岳如刀削，远接云衢通万壑。
汉柏秦松入画来，依稀似解写生乐。
杭州之水桂林山，胜景传名天地间。

二美相将来笔底,特区落籍亦开颜!
再喜见临摹妙趣法今古,书辟新风帜独树。
许把苦心变慧心,笔端不尽芳菲吐。
因其人可洞胸腑,正气一身不可侮。
可仰可风可式人,誉传百粤名寰宇。
三江四海跃鱼龙,改革年华喜事重。
共向韩江蘸彩笔,特区入画最情钟,
心潮涌,大潮生,浓写深描总是情。
七十虽过犹未老,挥毫又欲再长征;
噫吁哉,挥豪又欲再长征!

1995 年 12 月于汕头

【注】

陈望(1921-),广东揭西人,著名画家,中国美协原理事,老游击战士,曾任汕头画院院长,现为汕头画院名誉院长。其版画、国画功力深厚,流芳溢誉,有多本画集刊行于世。作品多被国内外有关博物馆收藏。

柬杨之光先生

翰墨情缘不易寻,天涯几度觅乡音。
殷勤赠画思何磊,题款怀君感不禁!
三十年来留记忆,沧桑虽变亦铭心。
尔来乡梓扬文脉,盛举之多酌又斟。
潮汕星河筹建馆,丹青馈赠众人钦。
几番拜谒缘公务,一片乡心贵似金。
半纪先生声价重,名腾艺苑与书林。
屡向瀛寰昭笔墨,更从谈吐证胸襟。
百年事业凭天赋,德载和谐福祉临。
何幸如之成我友,名山道上势骎骎。
因嗟数载参商见,有梦依依谊尚深。
聊具数行情意重,诗筒并把至诚缄。

1995 年春

新丹青引

　　中国美协会员、汕头画院名誉院长、名书画家蔡仰颜，1931年出生于澄海程洋岗，先翁为潮汕书画界名士蔡士烈，其自幼受家庭濡染熏陶，且致力学习八大山人、吴昌硕和海派画风，中学时代得名师刘昌潮、李开麟悉心指导。1954年参加黄新波、黄笃维主办的美术创作班学习版画。半个多世纪来，不断师传统、法自然，自辟蹊径，兼擅书画诗文，风格清醇朴厚，多有建树。作品多次参加全国书画展，并由国家选送亚洲、欧美多国展览，不少书画被各国收藏，书法刻于全国各大碑林，曾获全国鲁迅版画奖，日本东京中日书画大展金奖等多项奖项。

　　　　昔游韩水览韩山，辗转两阳八邑间。
　　　　大哉文公余德泽，海滨邹鲁烁斑斓①！
　　　　自唐之后文风盛，书画诗词不一般。
　　　　才俊之多难尽计，我来欲赞蔡仰颜。
　　　　蔡老生于澄海市，乃翁士烈潮名士。
　　　　家庭濡染与熏陶，少有文名闻遐迩。
　　　　扬州八怪自来钦，法度虽难日浸淫。
　　　　因感吴门功力健②，滋溶南北见恒心。
　　　　欲将木刻奠先基，水墨调来入画里。
　　　　西洋笔法亦神驰，揣划临摩常赞美。
　　　　长学新波与笃维③，情钟版画雄风起。
　　　　相期服务工农兵，陈望诸公常睐视。
　　　　当时供职农林水，万落千村奔脚底。
　　　　向地要粮海要金，毫端每见忧和喜。

由来水利年情倚,奋战田头堤坝地。
上下同描丰稔图,干群莫逆成知己!
宣传线上几经秋,情系莲阳笔力遒。
马背千言褒与贬,画痕墨迹忙中求。
藻堂慧眼识英才[4],画笔能充栋梁材。
绛帐传灯罄所学,高枝直待好花开。
殷勤更有昌潮老,衣钵薪传授艺来。
愿去篱笆祛囿限,自然传统两依偎。
画中三昧非神秘,天道酬勤志未灰。
师谊情长朝复夕,如沾雨露承栽培。
画坛喜闻精英出,霞蔚云蒸何壮哉!
"文革"无端成"老九",挨批挨斗皆牛友。
几多冤狱几多愁,道是白云变苍狗[5]。
谁忍回头觅旧尘,十年风雨始知春。
奋蹄老骥临风啸,笔卷烟云挥洒频。
海啸一声看涨潮,春雷惊蛰喜花朝。
敢凭墨韵添丰采,书写特区字亦骄!
铁杵成针自古歌,临摹百帖不嫌多。
二王法乳皆神韵[6],待到书成可换鹅。
书凝心血苦经营,最爱板桥恋子贞。
怀素青藤神品在,万千敬意油然生。
儿时书学郑文公,腕至敬邕便不同。
尔后穷追张黑女,毫端魏晋焕新风!
由来宝墨世间珍,内外轰传动世人。
喜有名家陈大羽,挥毫赞叹最情真!
书从骨格知人品,画自风神见性灵。

流水高山虽绝唱，惺惺自古惜惺惺！
回看朱墨写丹青，竹菊梅兰入画屏。
雍贵牡丹无俗艳，荷花出水立亭亭。
一番笔韵夸春色，千载梅花誉国魂。
历雪经霜香气远，东风作伴傲乾坤！
荔园百亩傍农家，鹊噪庭前花涧斜。
应是丰收盈喜气，枝头挂满半天霞。
雨霁群峰丽日衔，劲松挺拔立苍岩。
清泉万斛成飞瀑，极目中流数远帆。
盛世抒怀表挚衷，文坛驰骋气如虹。
山河万里皆图幅，锦绣人间春日融！
几回书展动东瀛，又闻西欧画誉盈。
多国收藏犹炽热，市民敬索更心倾！
古稀虽逾每临池，更喜相逢松柏姿。
笔墨当随天地老，千年万代珍藏之；
噫吁嘻，千年万代珍藏之！

【注】

① 诗中海滨泛指潮汕地区，邹鲁为孔子孟子故乡，在今山东。宋陈尧佐诗"海滨邹鲁是潮阳"，谓潮州一带虽处沿海，文风之盛如同孔孟故乡。唐以前曾设潮阳县于今潮州，唐之后改为潮州府。韩愈诗"夕贬潮阳路八千"之潮阳亦指潮州。

② 吴门指近代以吴昌硕为代表的吴门画派。

③ 新波与笃维指当代名版画家黄新波、黄笃维。

④ 即潮汕名画家李开麟，别号藻堂。李早年毕业于上海美专，曾师事刘海粟、黄宾虹、诸闻韵等。

⑤ 白云苍狗或苍狗白云皆喻世事变化。杜工部诗：

"天上浮云如白衣，斯须改变成苍狗。"

⑥ 二王指晋代大书法家王羲之、王献之父子，法乳形容其书法精髓。相传王羲之爱鹅，求书者投其所好，以鹅相赠，求其作书皆允。

续新丹青引

丁亥端阳中午，于梦中挥毫醉墨豪吟，依稀成诗十余篇，俄顷一跃登昆仑之巅，穷尽神州九万里，绘下《盛世江山万里图》巨制。觉而记之，遂虔绘此图并检入声四质一韵成仿古一首以抒胸臆。

落笔成诗书超轶，醉中笑问谁堪匹？
忽见潜蛟舞砚池，翻腾墨海云烟密。
歌讴墨泼兴犹酣，阵阵天声调韵律。
宝气珠光烁四周，纵横盘踞龙飞疾。
呼啸一跃上昆仑，凭高四顾欣晴日。
山为笔架地为笺，头顶青天云绕膝。
万里山河入眼来，天公授我丹青术。
人间最美是神州，山水怡情挥彩笔。
倾尽平生无限情，三山五岳惬心室。
长江滚滚大河横，雄伟长城坚且实。
万紫千红任抹涂，如诗如画春光溢。
十方生气聚中华，壮丽雄奇称第一。
遥看万里起鹏风，代有风流名士出，
黎庶安居享太平，兴昌国运万千秋。

我来喜绘《盛世江山万里图》,激烈壮怀难尽述!
中有拳拳爱国心,傲看世界添豪逸;
嘻壮哉,傲看世界添豪逸。

刘家骥严玉莲兰竹赞

昔曾诗赞昌潮老,一代名家画笔雄。
兰竹风神天下重,流芳载誉满寰中。
我来又赞其儿媳,家骥玉莲有遗风。
家骥毫端兰蕙秀,丰神气韵夺天工。
画图时见龙蛇舞,墨迹依稀似乃翁。
更喜玉莲新竹茁,继承衣钵见真功。
千姿百态皆神韵,学有渊源自不同。
今日画坛春意闹,万花怒放日兴隆。
绵传文脉开生面,代有风流喜气融。

2004 年元月

奉题刘理之同志《榕荫杂咏》诗集

桂林山色西湖水，寰宇传名称二美。
故里榕城山水间，如诗如画闻遐迩。
名城自古多贤士，岂止风流三五子。
我读《榕荫杂咏》诗，一清耳目忽神驰。
我邑黄童与老妪，无人不识刘理之。
我虽旧友参商见，云树梁月每相思。
思君才气几人曾，满腹经纶才思凝。
笔有千言倚马得，诗成巨帙显其能。
君生揭邑龙潭乡，聪颖天资具热肠，
十九投身闹革命，忍丢耕读弃农桑。
青年热血思酬志，为醒睡狮救炎黄。
舒卷风云天地变，南疆踊跃射天狼。
解放战歌撼九州，红旗飘舞定金瓯。
当年入党铮铮语，从此甘当孺子牛！
艰难创业河婆区，敌后青工树楷模，
初出茅庐飞捷报，地蛇丧胆强龙屠。
揭阳解放新供职，誓同民众奋征途。
主管宣传分重任，纵观要旨现蓝图。
坚持服务工农兵，"双百"花开硕果盈。
艺苑春风争献瑞，京华潮剧喜扬名。
剑锋犀利苦心磨，深入基层多切磋。
勤政为民功业大，光阴半在下乡过！
孰料沧桑变幻多，国魂牵动舞群魔。
劫灾十载漫天黑，肠断铁窗正气歌！

游斗摧残骨肉抛,妻儿有泪不能号。
重书"文革"辛酸事,汗渗寒酸凝秃毫!
正扶乱拨国兴隆,巨柱擎天赖邓公;
喜逐春潮迎晓日,雄关跃马竞英雄!
改革途宽再远征,平冤复职任榕城,
兼抓统战县常委,负重黄牛任不轻!
侨乡架设通心桥,爱国爱乡掀热潮;
万里天涯频往返,情深不计路迢迢。
经济力求上水平,忘餐废寝苦经营。
倡兴百废除民瘼,留得清声待晚晴。
政协任中春几度,同商国是开言路。
兴邦爱国一家亲,风雨时思舟共赴!
名驹到老不知疲,虽说离休心不离。
学海无涯勤是岸,扬帆又作弄潮儿。
墨海腾蛟端砚底,春风时雨榕荫里。
笔花映衬漫天霞,曲唱桑榆歌闹市。
紫陌黄岐晓景迷,楼船远泊榕江西。
火车通至揭阳站,都入诗中作话题。
喜看改革蔚大观,揭阳新貌跃毫端。
临风高唱新时代,应有诗心一寸丹!
老凤鸣岐聚百禽,危弦裂石语深沉。
新诗结集知无价,芳草宜人咨挚忱。
我来博览入诗林,情系乡土爱乡音。
二百余篇乡情重,爱不释手动深心!
寄语乡亲千百万,人人读此故乡吟。

游潮州西湖葫芦山摩崖石刻写兴

西湖如镜映峰峦,似有葫芦入水间。
寻胜我来访石刻,醉心只在葫芦山。
巉岩镌刻逾千年,邹鲁之邦代有传。
伏虎潜龙灵气在,神姿法度笔如椽。
吾潮今古多贤俊,变化沧桑岁序新。
愿架天梯挥巨笔,摩崖刻写凤城春。

座右吟

丙子秋，有诗朋自远方来，卅载重逢，西窗叙旧，幽怀情愫，亦慨亦慷，遂检上声五十二韵，作仿古一首置之座右。

拟写诗歌逾万首，如今已作三千九。
少年便有赋诗狂，敢问临风谁掣肘？
过誉声中诗兴诱，唱酬晨夕多而又。
千诗作伴傲群朋，误是诗成皆不朽。
稍长才分良与莠，浮辞最是诗之丑！
吟哦尔后费思维，倚玉兼葭常自咎。
石借他山期进取，村翁老妪成诗友。
成诗容易好诗难，一字从兹不敢苟。
废寝忘餐数十年，其中苦乐深悟受。
好诗曾在梦中来，梦觉朗朗犹在口。
梦魂试把天梯撤，挥洒天街平步走。
一望瑶池三万亩，如花仙女采莲藕。
莺声忽唱《念奴娇》，似羡南瀛尘世妇，
殷勤为我舞霓裳，星烁云飘霞彩绺。
俄以吟笺亲示某，乞敲平仄求联偶，
天上人间会文心，我也为之神抖擞。
兰蕙宜心根蕴厚，清声许把灵犀叩。
分明贮宝藏珠篇，应是裁云织锦手！
暖日融金展画屏，寒潭溅玉踢星斗。
深知一握两茫然，临别牵衣惊紫绶。
九派天河穿百阜，无缝谁启天衣钮？
因询世事话平生，赠我鸾章匡所有。

"文革"十年遭蹒跎，辛酸往事路程陡。
哭声充耳绝诗声，血雨腥风天地黝。
罪证如山长遗臭，口诛笔伐千秋掊！
跳梁小丑一时威，青史昭然渺蝌蚪！
神州大地严冬后，万树繁花千树柳，
滚滚江河不尽流，人民力把乾坤扭！
大鹏展翼正扶摇，万里图南雄赳赳。
卷水潜龙带雨飞，扬鞭怒骑随风吼。
"名山"托起赖群英，时代风骚肩重负。
莫使今人逊古人，声声珍重君知否？！
清泉万斛细寻源，泾渭流分轻浊垢。
触目投怀总是诗，诗中情味浓于酒。
崇文衍德敦相守，日月风云天地久。
欲使诗连万姓心，当知生活诗之母。
人间正气化诗魂，故把清诗供座右。
不变处于万变中，浮云一任如苍狗。

偶 感

喜把轻车誉宝马，晨曦伴我骋游骖。
澄城十里春如醉，最可流连是塔山。
古寺梵音传坞渚，丛林黛色染烟岚。
红男绿女花相似，始信风光在广南。

回归颂

中华富庶无伦比，大国泱泱千百纪。
封建王朝年复年，晚清气运渐衰靡。
锁国闭关百业凋，列强滋衅虎狼视。
英商鸦片越洋来，吸食形枯颜似纸。
成瘾成风祸不穷，人亡家破随驱使。
洋人贩毒结官商，禁令地方行复弛。
壮哉钦差林则徐，堂堂国士真男子。
英雄力欲挽狂澜，靖扫邪氛除蝼蚁！
恳奏清廷求禁烟，洋洋至论皆宏旨。
缴收烟土令如山，缉拿官商惩地痞。
强令戒烟配药方，万箱烟土亲销毁。
敌舰寻仇压重兵，昏庸清帝声唯唯。
几番奏折系安危，自古良臣轻一死！
当时鸦片狼烟起，血战南疆互对峙。
滩险礁多敌舰惊，洋枪火炮皆空倚。
林公募勇聘高贤，谙敌之长师敌技。
铁链横江增炮台，海隅捷报传遐迩。
英军侵港困南京，欲置无辜于炮底。
东南肆虐逞凶残，读史于今犹发指！
屈膝清廷唯议和，三签条约蒙奇耻。
竟将香港让英廷，辱国丧权民切齿！
父老相看垂泪痕，几回肠断界桥址！
香江汩汩向东流，创业艰难从此始。
应是同胞几代人，百年血汗成都市！

沧桑兴废写春秋，昔日辛酸今已矣！
骨肉情牵入梦频，同心爱国相翘企。
巨人中国立东方，遂令西方不敢鄙！
应见长城似铁坚，龙腾虎跃日千里。
改革年华业绩多，雄图谁不叹观止！
迎来"九七"喜"回归"，香港迈开新步履。
扩张掠夺到头空，发展、和平真道理！
十亿神州展笑颜，普天同庆"回归"喜。
港人治港运鸿谋，民主自由谁敢否？
一国之间两制分，互参优势相模拟。
共促繁荣大计襄，兴邦富国当如此！
高声共唱颂"回归"，更颂中华前景美。
一代诗魂振国魂，千歌万颂情难已！

怀周笃文教授（词韵）

一自相逢倾肺腑，《宋词》百读且重温。
又蒙赠我多佳作，我每珍之若典坟。
因与诗书常作伴，不分昼夜可耕耘。
数邀潮汕论坛上，三市诗人洗耳闻。
讲台之下无虚座，吟苑每思周笃文。
忆评拙作《回归颂》，关爱形容添气氛。
十万军中斩上将，探囊取物立奇勋。
故将徕勋铭肝胆，感激已难南北分。
云鸟年年来复去，依依自此未离群。
无因京粤八千里，远隔崇山大海沄。

教授莅潮观墨宝，为余作序力千钧。
神州卅载春风暖，吟苑和谐正气熏。
自古中华诗国度，而今正是日初昕。
时贤俱为呕心血，渐见繁荣景象欣。
我颂明时多拙作，长挥秃笔卷烟云。
京华客路蒙持携，流水高山意最殷。
情意虽殷藏五内，厌陈口舌觉心焚。
平生足迹遍寰宇，天道从来只慰勤。
我写成诗人尽识，大千世界虽芸芸。
此诗万古心碑在，世代咸知我感君。

2005 年秋

【注】

① 上世纪80年代初，周笃文先生所著入编"中国古典文学基本知识丛书"，由上海古籍出版社出版的《宋词》一书见赠。

② 上世纪90年代，周笃文先生曾三次应邀赴广东潮汕地区讲学。

参观麦薇子画展有赋

女绘丹青标史册，寥寥可数若晨星。
百年偶有成名者，雁落寒汀拔一翎。
巾帼今多挥彩笔，画坛抗礼敢分庭。
我来盛赞麦薇子，豪气纵横笔墨馨。
吸古融今高格调，女中才俊树典型。
殷勤每向名师学，畅惬素心蓝染青。
挥洒山川来画里，虫鱼花鸟出心灵。
多番个展惊潮汕，佳作如云列展厅。
勤奋谦恭传雅誉，欣然我为作诗铭。
喜看艺术人生路，更著前鞭马不停！

中华诗词学会第三次全国代表大会喜赋[①]

骚坛巨帜钱周举[②]，烈烈轰轰十载中。
孙老相将扬大纛[③]，神州踊跃舞吟龙。
喜随改革大潮涌，诗入校园春意融。
岁岁诗词研与讨，弘扬正气国昌隆。
苦心倡用新诗韵，双轨同行路并通。
弹指十年孙已逝，新人辈出焕新容。
频频举措添生气，赖有文朝与伯农[④]。
全国召开三代会，四方振奋喜相逢。
擎旗选出郑欣淼[⑤]，郑氏才高诗亦工。
落笔千言传雅誉，激昂慷慨气如虹。

昔于省部声名好，供职今犹主故宫。
盛会共襄扬国粹，中央领导语铭胸。
共期奋拓开新局，与会同仁意气雄。
旧雨新知长携手，赤城团结表吟衷。
明时共举生花笔，万卷千篇再立功。
永颂中华不朽业，衍传文脉树新风。

【注】

① 中华诗词学会第三次全国代表大会2010年5月15日至18日于北京召开。

② 钱指第一任会长、全国政协原副主席钱昌照，周指第二任会长、全国人大原副委员长周谷城。

③ 孙老指第三任会长、国家文物局原局长、全国政协原副秘书长（正部）孙轶青。

④ 文朝是李文朝少将，中央电视台七台军事频道原负责人，现中华诗词学会常务副会长，法定代表人。伯农是郑伯农，中国作家协会原党组成员、《文艺报》原主编，现中华诗词学会驻会名誉会长。

⑤ 郑欣淼是学会第四任会长，青海省原副省长、文化部原副部长，现任故宫博物院院长。

词凤凰台上忆吹箫·揭阳古城

我爱家园,揭阳古邑,葫芦带系榕江。年年春光里,四季花香。竹树傍溪依水,家门口,乐声悠扬。舟来去,穿街入巷,南北河长。　　姑娘,浣衣水畔,花艳一排排,调笑桩桩。古来商贸地,工艺相张,翰墨诗书风远,堪称是,文化之乡。沧桑变,新颜日添,一派繁昌。

1959 年

【注】

揭阳古有"水上葫芦"之誉,以"城中竹树多依水,市上人家半系船"遐迩闻名。

贺新郎·榕江西湖写生

小立西湖侧,对湖光,浪吟清唱,情怀萧瑟。荷卧波中随吾影,依偎知非俗客。惊泛起、微漪清碧。低首沉思书生笑,岂花神、怜我句豪逸?斯一瞬,动魂魄。　　殷勤舞动丹青笔,细勾描,迷人胜迹,投怀佳色。翠柳依依堤隐约,出浴芙蕖丽质。心已醉、思悬陋室。别样风情藏画里,任韶华、流逝情难易。闲对视,慰寥寂。

1964 年榕江西湖即兴

满江红·乙巳秋霜降后五日，西北之行与陈塘关赠别仙桥，依依赋别

赋别长堤，仙桥下、心潮荡漾。情不禁、离思草草，诗思放放。海内从兹鸳鸯搏，河梁漫听鹧鸪唱。但清声、两调忆江南，教思量。　　豪言重，奇气壮，云路远，霞途亮，有雄风挟腋，扬镳程上；共整山河改旧貌，同扶日月翻新样。莫相忘、望眼向京华，春秋宕。

念奴娇·次韵朱瑞芳先生赞雷锋、王杰等英雄人物

九州儿女，知多少黄董邱欧模样。革命襟怀高日月，放眼寰球共赏。硕志为民，雄文咸记，又涌雷王俩。光辉事迹，教人能不钦想？　　谁道岁月无几，青春易逝，看烈士身上，凛凛英风留劲节，水火刀枪争闯。泰山鸿毛，此间才见，一代高风尚。虽死犹生，千秋万载同仰。

1965 年初冬于韶关

踏莎行·乙巳冬于连山柬陈塘关

世事流转，韶华暗渡，萍踪又息连山处。投怀但见立云崖，相逢唯有参天树。　　霜染红岩，瀑飘白素，茫茫林海谁能数。早披霞彩上山来，晚催红日落山去。

望海潮·一九六五年冬客居粤北林区，以词代书柬呈郭沫若同志

群峰起伏，层林密布，瀑如玉带高悬。怪石突兀，游云跌宕，中间一塔摩天，奇景绝言筌！又晚霖初雾，虹荡轻烟，彩灿斜阳，江山颜色总堪怜！　　临高数处汤池，似烘炉火燹，滚滚熬煎。佛子谷口，吉田岭下，溪分两股龙涎，胜境足流连。有清诗半纸，奉教高贤。时值元春在即，顺此贺新年。

贺圣朝

穗垣数载消闲住，韶华惊离去。红书教导不言愁，涉世经风雨。　　春风秋月，曾多自许，个中情谁诉？大鹏抟翼图南时，会当于何处？

1969年秋

八声甘州

——记"文革"被冲击后困居桑梓清闲

画中楼阁岁月黄金，却有许多愁。慨韶华似水，长叹而立，看镜中流。数载唯诗作伴，底事向谁求。人海舟来去，帆影悠悠。　　犹记当年志学，总怀报国志，梦亦筹谋。意气虽依旧，料亦非侈求，借丹青、寄情挥洒，湖山美、笔墨可优游。春光好、画图花放，春在心头。

1973年秋

沁园春·庚戌春以词代书柬友

一十年前，正我儿时，北渡南云，驰霜骅一匹，冰河上下，白雪罩地，黄沙黯尘。为救君第，与君相识，印铸同心似火明。从斯起，便温存款款，无限柔情。　　古来事不由人，惜纷飞、哀燕别凄莺。叹南来数载，梦里重逢，待到觉时，唯听蛩鸣、几度离泪，百转转肠，脉脉情怀负采薪。愿今后，纵天涯万里，咫尺为邻。

念奴娇·悼念周恩来总理

哭周公逝，普天下、悲泪鸣咽凝噎。一代英才开辅国，战争和平岁月。划策筹谋，排危解难，中外褒人杰。丹心照日，名臣肝胆风节。　　叹想忧国忧民、久劳忘寝食，沉疴遂发。社稷存怀，虽病中，多少奇冤洗雪。感动民心，唯声声敬爱，梦中犹说！中华儿女，继承遗志心热。

1976 年

鹧鸪天

——历史进化皆规律也，江山多娇，时代多娇，揣前人笔意，另有所寄。

斗艳争娇几度春，衰红弱絮冷清清。柳腰著地空留客，蜂背朝天枉送情。　　千水碧，万山青。销魂风雨落花频。鸣蝉叫得春归去，婉转悠扬四五声。

1976年夏

凤凰台上忆吹箫（别调）

一十余年，纵横湖海，八千里路回还。消受尽，凉热滋味，雪浪云山。多少悲欢过眼，人道是，年少聪贤。呕心血，新盦数卷，鸣向人间。　　当时情怀激越，虎口斩龙头，马跃秦川，便深夜、取诗换酒，醉卧祁连。往事如潮流去，东逝水，付与谁怜？临风啸，举头笑问苍天。

生查子·丁未秋以词代书呈岳翁大人

几人识良朋,度腹犹难处。来往察行藏,回顾谈和吐。　　因同墨与珠,慕厌心知数。玉石喻心坚,贤者常为伍。

永遇乐·三上黄山倚声作"黄山颂"一阕纪兴

我爱黄山,天风云海,惊险奇绝。几度登临,豪吟醉墨,腰为山川折。玉屏呈瑞,万峰俯仰,不枉此生岁月。喜描下、天子真容,危峰奇石,劲松白云红叶。　　一方胜景,吸引多少,古今风流人物。黄帝腾龙,唐皇颁诏,传说天心悦。放歌诗仙,游记霞客,历代诗讴墨泼。赞今日、荧屏影视,报章迭叠。

【注】

① 黄山古称"三天子都"。意谓天帝居住之都,即天都、莲花、光明顶三座最高峰。明代普门和尚在三峰中心玉屏峰上建文殊院,上有一巨石形凹如椅,称"文殊打坐",上题"万峰拜其下,孤云卧此中",于此可览黄山全貌,认识黄山真面目。

② 唐天宝十三年(公元754年)诗人李白游历黄山,写下《赠黄山胡公求白鹇》等诗,盛赞黄山风景之雄奇赞美。明代旅行家徐霞客两度游历黄山,在其名作《徐霞客游记》中有"薄海内外无如徽之黄山,登黄山天下无山,观止矣"和"黄山归来不看山"之说,对黄山评价甚高。

念奴娇·参加北回归线标志塔落成典礼

日轮周转,临韩水,如画村庄城阙。岭海名邦,邹鲁誉、胜景东南奇绝!春泽年年,膏腴沃土,传以天堂说。得天何厚?应穷方域之别。　　共喜科普新图,北回归线,于此分温热。夏至球仪窥一孔,壮哉骄阳如血!碧海扬波,青山作态,极目添佳色。欣看潮汕,风流代有人物。

雨霖铃·悼念著名书法家麦华三先生

云天高阔,卅年情谊,痛哉长别!难忘绛帐羊石,培才造学,同经寒热。赴命南疆北阙,佩骊探初歇。又几度、榕水岐山,玉树临风古城月。　　珠江沸起文澜热,仰书坛、至论滔滔说。平生道义惴栗,堪记取、松姿竹节。异域传灯,桃李瀛寰,笔灿华粤。近百载,墨海香飘,一代书中杰。

【注】

麦华三(1906-1986年),原籍广东番禺,上世纪20年代起于广州大学、国立中山大学任教,40年代起任副教授,解放后曾任省文史馆馆员、省政府参事室参事。1958年调广东人民艺术学院(后改广州美术学院)。当代著名书法家、书法理论家,书工五体,尤以楷行书名闻遐迩。第一届中国书法家协会理事、广东书法家协会副主席。作品有《中国书法史》《中日书法交流史》《王羲之王献之书法研究》《楷书概论》《书法入门》《楷书字帖》《行书字帖》《草书基本功》《历代书法讲座》《新艺舟双楫》《论青少年学书法》《毛主席诗词篆隶楷行草五体书法》《怀念周恩来总理诗抄》等。

念奴娇·登汕头特区管委会大楼远眺

海天堆秀，喜荒滩、顿变新兴城阙。经济特区来眼底，一望丰姿奇绝！龙起珠池，凤鸣飞厦，远近容光发。衢通闹市，厂房楼阁耸叠。　　车还人往，不尽繁华说！外引内联筹盛举，拓创百年鸿业。赤子丹心，时传佳话，奉献分分热。改革开放，汕头雄峙东粤！

1986 年 9 月于汕头

望海潮·潮汕人民抗击 1986 年第七号强台风纪实

雨倾河岳，云封天地，台风猛袭汕头。海荡入侵，山洪暴发，决堤水漫江流。险象满平畴！有村庄淹没，稻谷难收。房屋冲塌，万千群众困山丘。　　英明党政筹谋。看军民奋战，堤坝重修。捐款赠粮，添医治疾，四方支援分忧。佳话美名留。喜家园重建，更上层楼。灾后天南一角，秀色傲神州。

莺啼序·纪念人民政协成立四十周年

　　当年改天换地，五星红旗舞。看政协、四十春秋，政绩声誉咸著。党领导，齐心爱国，互相监督敦民主。念肝胆相照，共将荣辱分许。　　团结同胞，谋求统一，大业情倾注。叹"文革"、魂断神州，迷茫漫天风雨。幸晴晖、阴霾扫尽，布瑞霭、重光天宇。曾几时，小鬼跳梁，臭遗千古。　　正扶乱拨，赖有邓公，壮哉擎天柱！继马列、坚持原则，改革开放，看新时期，纷争建树。东方送暖，大地和融，中华处处春光煦。竞奔驰，民族复兴路。　　神州万里，喜看钢铁长城，确保金瓯永固。和谐共构，理想家园。上下同奋斗。发豪誓、心铭骨镂，矢志为民，愿促清廉，德政淳风，休戚相依，帮贫助苦。为添时代光和热，莫相忘，聆纳诤朋语。盼来盛世升平，喜气欢声，世之乐土。

念奴娇·南归夜飞汕头，喜窥鮀城景色，倚声纪之

银航万里，向南天，夜空如镜澄澈。海角鮀城供眼底，细话年间建设。飞厦流光，层楼掠影，灯闪耀星月。人潮车水，簇簇来往归客。　　讶望景物相雄，繁华街市，早是清歌发。西港巨轮机起卸，江面轻舟千叶。再盼珠池，杏花桥上，沿路金砂撒。一番景象，顿教游子心热。

1987 年 4 月

永遇乐

赴山西晋城参加全国中华诗词研讨会，游览锡崖沟、王莽岭古战场，倚此调作"太行行吟"一阕纪之。

三晋河山，太行蜿蜒，险峻奇绝，逆旅唏嘘，凭高览胜，腰为行吟折。几多才俊，几多遗迹，几多风云岁月。古今事，存非与是，不同荒土黄叶。　　今看古邑，危楼拔地，簇簇频添风物。八面通衢，欢歌载道，处处民心悦。锡崖沟畔，王莽岭下，沃野甘霖洒泼。丰稔岁，喜融万户，贺诗迭叠。

【注】
王莽岭位于山西晋城东侧太行山脉南麓，晋城一带历史悠久，历代名人遗址及文物古迹甚多，为山西一大旅游胜地。

满江红·赠名画家刘昌潮先生

八十高龄、名天下，丹青妙笔。追往昔，申江负笈，功深面壁。槛外烟岚砚底墨，天心霞彩画中色。叹风神，竹韵见清奇，高标格。　　师造化，奋不息；法今古，非一式。向艺术园地，致力开辟。春雨滋肩桃李茂，严霜扑面松梅匹。喜寰宇，此日广传扬，昌潮集。

满庭芳·广东中华诗词学会成立周年志庆

粤海文澜，情潮奔放，来自万水千山。花开处处，知解旧岁寒。留下晴晖喜气，春常驻、锦绣人间。烟霞笔，向天挥洒，珠玉落毫端。　　争看，吟不尽、豪篇佳作，光耀诗坛！岂唐音宋韵，闲比轻攀，当日沙汤名将，更抒写、白发心丹。群英会，大江唱罢，曲奏满堂欢。

1989年1月14日于广州

水龙吟·辛巳端午诗人节怀古

当年泽畔行吟，树蕙滋兰难酬志。孤鸿翼断，楚山日蔽，愁云千里。忠愤谁舒？空怀湘累，看东流水。问天天不答，骚魂沉魄，天昏黑，天知未？　　至今九州牵动，数千年，难忘往事。龙舟彩帜，门插蒲艾，驱除邪气。巨变沧桑，山河含笑，万千新意。慰前贤，喜把清声百唱，与诗同醉。

齐天乐·新中国建国五十周年暨人民政协成立五十周年喜赋

大河欢歌群山舞，神州万方吟赋。建国兴邦，五秩华诞，功业腾辉千古。人民自主，国家日繁荣，众心归附。改革帆扬，浪潮滚滚响征鼓。　　同舟共倾肺腑，纵狂风恶雨，飞越无阻。港澳回归，珠还璧合，两制鸿猷高树。殷勤寄语，愿金马台澎，早图完聚。黄裔儿孙，把金瓯共护。

念奴娇·喜为参加潮汕迎春联欢节海外潮籍亲人倚声

　　花开鮀岛，喜迎春、又届联欢佳节。千里汕头萦客梦，相见真诚亲切。互表忱衷，谊凝乡土，不尽深情说！黄金时代，十年璀璨岁月。　　改革开放途中，扬鞭跃马，捷报频飞叠。几度家园添慰藉，一度一番心热！锦绣村庄，繁华城市，户户欢歌发。天涯游子，归来谁忍轻别！

1989 年春

虞美人·癸未端阳诗人节倚声

　　端阳不愧诗人节，岁岁歌吟热。神州晓气簇烟霞，夺锦赛龙，彩笔绽心花。　　中华儿女风华茂，背负乾坤走。大河滚滚大潮鸣，山笑水欢满眼物华新。

水调歌头

甲戌中秋节岭海诗社成立十周年，有感于汕头经济特区城市发展形势喜人，倚声志之。

诗社十年矣，此夜又中秋，故邀诗友词客，来汕共吟讴。昔日荒滩郊野，顿变繁华闹市，滨海涌琼楼。景象叹观止，惊启世人眸！　　树工贸、兴百业、外资投；内联外引，看特区誉满全球。赢得高新科技，挥写鸿图宏旨，改革运良筹。待"港城"腾起，青史载风流！

1994年中秋于汕头

千秋岁·中国共产党成立八十周年有作

燎原星火，壮哉新天辟！开来继往功勋赫。历伟人三代，社稷如磐石。最堪颂，兴邦富国巍强敌。　　雨后须晴日，改革豪情溢，扬邓帜，心同一。两翼高潮涌，万骏奔腾疾。光史册，春秋八十余丰泽。

莺啼序·为《汕头体育老相片》一书以词代序

　　汕头体坛百载，镜头多英杰。旧中国、何物洋人，妄东亚病夫说！看潮汕、八方振奋，民间活跃强身热。体育诸门类，城乡赛事纷迭。　　赤帜高扬，中华崛起，盛世民欢悦。兴体运、风靡神州，堪称轰轰烈烈。喜国民、增强体质，人如钢，江山如铁！全运会、省市群雄，虎争龙夺。　　吾潮健将，几度荣膺，奖项居前列。亚奥运、世界纪录，田径跳水，谱写辉煌，刷新一页。乡亲父老，情牵盛会，荧屏幕幕心凝注。喜健儿，壮志凌霄发！高难技巧，更有必胜雄心，为国奋力拼杀。　　颁奖台上，看国旗升，听国歌奏彻。热泪盈、情何亲切！国家增光，乡梓增光！庆功会上，长焦短镜，争相瞄准，风流一代星光闪！最难忘、每届荣归日。帧帧影照奇珍，世纪风华，感人岁月。

八声甘州

　　练江潮普誉母亲河①，水经数春秋②，稻花香四季，绿染原野，碧水长流。万户千年饮用，往返泛轻舟，何故成污水？感慨蒙羞。　　触目惊心动魄，尽废弃堆积，河变渠沟。臭气熏难近。浊水秽平畴。十余年、报刊荧幕，喊与呼、依旧乱心头。添民怨、又关民生，谁解民忧？！

2003 年

【注】

　　① 练江为潮汕韩、榕、练三大江河之一。潮是潮阳（今分潮阳、潮南），普是普宁。

　　② 水经，书名（即《水经注》）。是一部始于三国延至近代经历朝前贤先哲多次增校，记载我国河流水道（含史迹）1252条图文并茂的巨著。

望海潮·读汕头百年史，追昔抚今，感作长短句

　　江流东下，沧桑多变，而今百载韶华。遥想昔年，荒滩草舍，孤村雾浥黄沙；侨客去天涯。御觊觎倭患，烽火边笳。口岸通商，汕头埠渐市声哗。　　楼船万国旗斜。喜新天丽日，欢乐家家。回望特区，日新月异，一方喜气交加。时代史堪夸！向海天极目，裁锦堆花。春日溶金，曙光璀璨漫城霞。

浣溪沙·报上惊闻

　　理发问君岂按摩，细腰纤手送秋波，风情只为赚阿哥。　　别样温柔心计巧，分开内外机关多，艾滋病染害情魔。

浣溪沙·看电视"共同关注"

　　染织厂开获利多，防污设备早张罗，天能瞒也海能过。　　阳奉阴违心计巧，长流污水卷漩涡，暗沟滚滚入江河。

浣溪沙·乔迁咏叹

　　南方某市一小区楼群耸峙，园苑之中，景色甚佳。正喜乔迁新居何来怨骂之声？因与某电厂相邻不远，时有呛人之二氧化硫气味，且空气中黑尘与微颗粒亦甚多，住户只好关闭门窗，乔迁亦喜亦忧，于斯可见。

　　一片高楼景色新，小区虽美怨声频，原来电厂与相邻。　时有呛人硫气味，门窗关闭为防尘，乔迁忧喜已分明。

莺啼序

　　　　——记孙轶青会长功绩并深切悼念之[①]

　　中华卅年崛起，数吟坛俊杰，轶青老、远瞩高瞻，继钱周集贤达[②]，扬吟帜、轰轰烈烈，神州唤起诗词热！创诗刊、研讨年年，赛事纷迭。　诗市诗乡，校园诗进，共襄天下悦！骚风振，匡正鞭邪，讴歌黄金岁月。又多番、创新改革，旧声韵、倡重编撷。启纪元、至论宏篇，再翻新页。　诗词书画，脉衍源同，提倡相结合。看泼墨、自写吟篇，玉润珠圆，不逊苏黄[③]，世称双绝。香江镜海、云山珠水，诗书盛展标功力[④]。喜传媒、评赞声未歇！腾芳溢誉，八方四面咸钦，索诗犹重书法。　刊行巨帙，文库藏珍⑤，举国惊奇咄！数十载、诗铭德操，遍刻人心。终身成就，荣膺奖列⑥。因劳染疾，文星坠地，诗朋墨侣齐鸣咽，又悲伤、大厦之梁折。当求告慰孙翁，共奋吟鞭，迈开步伐！

【注】

① 孙轶青（1922—2009年3月），山东乐陵人，中华诗词学会会长，是我国思想文化战线一名德高望重的老战士、著名书法家、编辑家、诗词家、中华诗词学会的重要发起人和创建人之一，是当代中华诗词事业的领军人。

② 钱指中华诗词学会首任会长、全国政协原副主席钱昌照。周指中华诗词学会第二任会长、全国人大原副委员长周谷城。

③ 苏指宋代著名诗人、书法家苏东坡。黄指宋代著名诗人、书法家黄庭坚。

④ 孙轶青先生曾先后在香港、澳门、广州等地举办诗书展览。

⑤ 指中华诗词学会会长孙轶青主编出版的《中华诗词文库》全书。

⑥ 孙老于2009年初被授予"中华诗词终身成就奖"。

念奴娇

——抗日儒将吴逸志礼赞

日军侵略，灭人性，残暴不寒而栗。国难家仇都是恨，筑起铜墙铁壁。虎帐调兵，泉城设伏，飞檄救亡急！将军盟誓，定将奇耻消涤！　　遥忆清野藏粮，陡坡撒豆，峻岭横刀戟。浴血湘垣诛万寇，鬼子悲号凄泣。三捷长沙，九州大庆，喜讯鸣锋镝。升平今日，赞公挥舞词笔。

【注】

吴逸志（1896年1月-1961年1月），广东丰顺人（原属揭阳蓝田都）。青年时期，曾就读于黄埔军校，后转保定陆军军官学校，并赴德国陆军士官大学深造，国民革命军中将，于薛岳部任参谋长，抗日战争期间屡建奇功，尤其是长沙三捷军功显著。

"清野藏粮句"：指当时为了断绝日军粮草，动员军民连夜将在田里的粮草收割并藏起来。"陡坡撒豆"句：指当时在日军骑兵进攻山路陡坡上撒上大豆，使日军战马纷纷倒下被歼。"峻岭横刀戟"句：指当年长沙军民在长沙周围山地砍伐大量竹木插于陷阱之中如同刀戟，诛杀日寇。

附录
（按时间顺序排列）：

蔡起贤先生序《新盫集》续卷文

刘君麒子，艺兼广文三绝，才捷助教八义。至今所作诗逾四千首，一九六三年有《新盫集》传赠于友人之间，即于改革开发之后所作，亦近二千首。近将其廿余年来于报纸刊物发表之近作四百余首，汇为《新盫集》续卷出版，为诗坛焕一异彩。

刘子志学之年，即善作诗，虽得之家学，而结谊忘年者皆揭邑一时名士，如郭笃士先生，乃吴瞿安先生之得意学生，吴曾晓谕其专学柳仪曹及粤人黎二樵两人诗。故郭先生之诗，戛戛独造，立意迥不犹人，常用偏锋，不同流俗；又有林璞山先生者，步趋曾刚甫右丞，其诗其书，曾步亦步，曾趋亦趋，颇能得其形似；有丁逸史先生者，雨生中丞之文孙，叔雅之侄，其诗沉鸷而开阔，洵得家风；又若黄静夫者，民国初与郭笃士、张元敏先生，同参加瀛社诗社，曾驰骋于报界，性秉直，甘于淡泊，傲骨嶙峋，其诗郁拔，有如其人。再如林士雄（彦君）先生者，饱读诗书，少有文名，早年治学于泰国，抗战旋梓，有懋德楼诗集传世。更有陈君励先生者，为同邑名士陈璞庵先生之侄，曾任职于县文化馆，后执教于邑中，诗书画俱佳。刘子周旋于诸老之中，即景赋诗，常得攻错提撕，才名遂啧啧噪人。及肄业上庠，学识日丰，继又任职四方，得祖国名山大川之助，识广见多，其诗已自成风格，周道如砥，揽辔驰驱，甚得时誉。

潮州后八贤之李二河，为陈园公《寄愁草》诗集作序云："昔人谓诗有别才，非关学也。余谓诗有别境，亦非全关才。"所言别境，指自然之山川景物，亦人所处之时世环境也。故又云："昔杜少陵以诗鸣唐，至其间关入蜀，感怀家国，而其文乃益工；苏眉山以文鸣宋，至其流离海外，饱历山川，而其文乃益老，至今诵其诗读其文，人尽知二公之别才，而未知二公所处之境盖别境也。"东坡贬海南，与丘浚之生于海南，同有望中原之诗，苏云："青山一发是中原。"因离中原而远来，唯觉中原之遥远，归欤难期，睹景而生怅触；丘咏五指山云："岂是巨灵伸一臂，遥从海外数中原。"盖指点江山，思至其地，以显才华猎取功名之意，此处境之异也。人之于世间各有遭遇，而影响其作诗者尤大，各移其情，各成风格，故亦因人而异。刘子近卅年一改"文革"厄运，处于承平之世，睹国运之兴昌，骋其才而为诗，沐浴于和风之中；樯帆于顺流之上，胸襟宽广，旧日"文革"辛酸并不耿耿于中，乃频奏强音，未弹低调，亦必然之理也。其颂时之诗，济南大学中文系主任宋谋瑒教授评其《回归颂》云："既高张了爱国主义的旗帜，又不陷于狭隘民族主义的泥沼，这才是真正的颂歌，较之一味蛮横强霸地吹嘘什么什么可以说'不'，识见自高，器宇自广。"抑余更以为其多首颂歌，且含贬斥朽恶之意，持见心匠，读之恍如《诗•大雅》所言。"吉甫作诵，穆如清风。"续集中有赠诸知名老画家之作，备致钦企之情，实有弘扬画艺之深衷；其朋友交游酬唱之作，莫不寓向上之意，情深谊挚。即写景抒情之诗，亦壮阔淋漓，洋洋洒洒，毫无逢迎谀媚之意象；更无突梯滑稽之言辞。皆纯之又纯者也。

  刘子之诗浑雄壮丽，又精而逸，畅快如江上出峡之舟，感慨激烈如击筑易水之上，鼓江汉之长澜而莫知其所至也。岐山秀色，榕水清流，岂山川之灵，钟毓于刘子者耶！

2003 年 6 月

蔡起贤先生《喜读刘麒子同志古体诗歌·声含宫商，辞尤溢意》文

　　诗人刘麒子同志，天赋岐嶷，方其妙龄，即嗜诗书画。时与流辈联吟或制楹联，捷疾恒惊老辈。及肄业上庠，学识日丰；出而供职在外，往来祖国各地，得名山大川之助，气益振，眼益宽，诗之境界亦益新，叶映宵而根通海，骎骎乎已进作者之林。上世纪80年代伊始，其有制作，时见与臧克家主编之《诗刊》上。及1997年香港回归，全国中华诗词学会，举行"回归颂"全国诗词的大赛。其《回归颂》一篇，荣获三等奖，专家评点，咸有优辞；名诗人周笃文教授评云："写鸦片战争，百年恨史，洋洋洒洒，五百余言，述事宛转，语洁调新。一韵到底，雅而能赡，工力甚深，不易到也。后面转悲为喜，振诗魂而扬国威，尤令人为之神往。"评语极中肯綮，"振诗魂而扬国威"一语，尤是发明诗心。

　　刘同志诗工各体，而古诗特擅胜场，长诗更喜一韵到底，实具才识，非关因难见巧。盖一韵到底之长诗，常人为之，时伤平衍，或病逼促，唯能顿挫与驰骤，始免二失；然仅有顿挫而无驰骤，则失之弱；仅有驰骤而无顿挫，则失之滑。杜之《北征》叙事而兼论议，韩之《南山》，写景而抒胸臆，实为楷式。刘同志如驭生马驹，回旋往复，纵辔自如，皆中规矩，是难能也。

　　岩石风光奇丽，与汕头市区，仅一水之隔，既避市尘，仍得朝夕之利。其地可游可居，昔帝国主义者侵凌吾国之

时，洋人多于此地，设领事馆、营别墅，正以其境清幽，海光山色，尽萃于斯也。山多石洞，地生奇石，春秋佳日，游履纷如。过客骚人，更乐登临，亦多对景赋诗，但皆短制，求一韵目中用三十一韵而写崀石全貌者，实未曾有。刘又精于绘事。胸中原有丘壑，故其诗能状难写之景现于眼前，豁人目而摇人心。称为崀石第一诗，当不为过誉也。

诗人之作，立意谋篇，篇各不同，才称上驷。其《座右吟》云："好诗曾在梦中来，梦觉朗朗犹在口。梦魂试把天梯撒，挥洒天街平步走。一望瑶池三万亩，如花仙女采莲藕。莺声忽唱《念奴娇》，似羡南瀛尘世妇。殷勤为我舞霓裳，星烁云飘霞彩绉。""兰蕙宜心根蕴厚，清声许把灵犀叩。分明贮宝藏珠篇，应是裁云织锦手！""九派天河穿百阜，无缝谁启天衣钮？"驰思于时空之间，虚中得实，有雕龙手段，挥昌谷之神韵，且能去其奇诡而归于正，此真能笔下驱使李长吉者，教人读之，若季札听乐，叹观止焉。

玉壶沽春，赏雨茅屋。何如对几杯清茶，吟赏好诗之为快也。读刘麒子同志诗歌，每有此感。

2003 年 9 月

刘征先生序《南天百唱》文

《南天百唱》收入刘麒子先生吟咏广东、港、澳及近邻广西、海南、湖南等南方各地的一百余首七律诗,稿竟,问序于余。京门连日大风严寒,所幸小斋晴暖,恰可饮佳茗而诵百咏。开卷之次,颇惊叹于麒子先生对家山和南方风物之热爱,信步南天,几乎一步一诗,诗涌如泉,热情奔放。我几次南游,此刻竟忘却窗外的寒风,如同置身于南方各地的山水名胜和广东海南的荔湾蕉园、椰林碧海之间了。

《百唱》以极大的热情歌颂南天的山川胜景和与南国有关的先贤,从韩愈到文天祥到苏东坡、到孙中山先生和辛亥革命诸烈士,都深深触动诗人的吟怀,心萦乡土,情系南天,尤其是对历代先贤的景仰,对优秀的民族传统的尊重,更吐露出诗人自身的爱国深情。如潮阳海门咏莲花峰的诗写道:"天将正气凝山骨,故插莲花在海隅。"将文天祥的正气与山河合为一体,使莲花峰成为民族大义的巍巍象征,增添了浓郁的诗意。《百唱》中浓墨重彩描绘了南天的锦绣山河,他赞美山河总是与开放搞活以来经济建设的大发展结合在一起的,对深圳特区情有独钟。如他写道:"鹏城奋起写春秋,改革途连社稷谋。开放坚持擎赤帜,拓荒哪怕作黄牛。尖端软件常供眼,广厦通衢一望收。窗口桥梁功果大,特区名气播全球。"写出了深圳快速发展的气势,深圳的一个标志性雕像是拓荒牛,以之入诗,抓住了牛鼻子。它如写广州、深圳、汕头、潮州、揭阳、梅州以至广西、海南、湖南、港、澳诸篇都热情洋溢，有鲜明的时代色彩。

《百唱》中还有一些诗，表露诗人对历史和人生的感悟。如"意气如刀磨渐利，文章似玉琢方奇"，"之形路径因多曲，梦觉头颅却倍醒"，包含多少人生哲理。人生总是在醉与醒之间，醒中有醉，醉中有醒，醉中反而更清醒，是反语也是悟语。

一卷《百唱》是蓝天的一卷多彩画图，受到读者的欢迎，可以预卜。严寒隔在窗外，阳光入室十分灿烂。抚卷而思，思绪扩展开来。人们常说"旧瓶装新酒"，其实艺术之瓶是无所谓新旧的。并非年代久远的瓶子就不适于装新酿白兰地。试看，远在周秦时代的编钟出土之后依然可以奏出新鲜的乐曲，还如箫笛琴筝之类也是如此。就诗歌的体式说，从四言、五言、七言、杂言、长句一直到自由体（新诗），花样繁多。这是我国诗坛一笔骄人的财富，任何一种体式都能以其独特的表现力反映当代生活，并不应因其产生时代的先后而有所轩轾。经孔夫子编辑的《诗三百》，可谓古老了，但当年风行的四言体，后来并未因新诗体的兴起而全然废弃。毛泽东同志的《祭黄帝陵》就是用四言体写的，充畅地表达了人民的意愿，换用其他体式则显得不得体。好比架子上摆着十八般武器，能用枪的用枪，能使棒的使棒，大可不必在枪棒之间比较新旧，说长道短。随着时光的推移，但愿泯灭诗体新旧的畛域九九归一，同归于中国的现代诗。

莽莽神州，南天只是一角，上下数千年，纵横数万里，有多少令人折腰、令人拜倒、令人陶醉的风物。如果有更多的诗人运用自己见长的诗体加以歌唱，怕是千咏、万咏也难尽兴。我老了，仍愿与子偕行，吹几声柳笛。

2005 年 10 月

周笃文教授序《五十年名家墨宝》文

余与麒子先生相交多年，素重其诗才雅瞻，尤钦其人品惇美。久闻邺藏之富，未得一觐。去秋以赴潮评稿，过汕相访，乃得登堂拜观书画藏品。真如登龙君之宫，珍宝悉陈；如眺银界之河，星辉灿烂。个藏之美富，令人有观止之叹。麒子一介书生，少余近十岁，既无飞腾之势，亦无锱白之财，且值世多变，乃得有如此成就，宁非奇迹。

盖闻昔人有言：精诚所至，金石为开。自古物以类聚，麒子岐嶷妙才，持身谨慎，笃好旧学，若有夙悟。故深得老辈呵护拔擢。弱冠之年，已积诗千首，结为《新盦集》，呈教通家，甚得容庚、麦华三、柳倩诸老及诸多地方名宿嘉许，并蒙一代泰斗郭沫若先生题辞勖勉。时为乱象渐显之1965年末事也，此真文场之异数，旷世之奇缘也。及"文革"变起，麒子亦遭清算，饱受折磨。然不改夙好，敬贤益笃，遍访南北名家，抠衣求教。于艰难竭蹶之中，磨砺风骨，增益才艺。诚可谓逆"潮流"而自奋之独立特行君子也。

迨"文革"乱平，国运中兴，麒子以厚积之才德，焕为煌裔之华章。遂异军突起，拔帜艺林。累获大奖，名噪海内外。上世纪80年代以来，复受命筹建韩祠碑林、岩石崖刻诸项文化工程征集全国名家墨宝，深得中央领导如习仲勋诸老之支持，遍访四海名宿方家，转益多师，倾心向学，竿头勇进，日新月异。十数年间，为潮汕各地文化建设征集各类书画精品数以千计，并皆勒之名山，纳于崇殿，非但大有功潮汕，于当代名山事业贡献亦殊大焉。

麒子以其敦厚之人品、朴藏之才艺与对事业执著之追求，赢得艺坛名家之信赖与垂青，数十年间，琼瑶互赠，金玉相宣，日积月累，遂蔚成大观。兹集所收凡数百幅，多罕见之逸品佳构，令人览之有神观飞越之快。论其妙处，约有以下数端：

　　一为权威性强，当代大老巨擘楚图南、严济慈、李锐、臧克家、刘海粟、饶宗颐之题词；郭沫若、商衍鎏、启元白、沙孟海、麦华三、钱君匋之墨宝；吴作人、关山月、董寿平、黄胄、程十发之丹青，皆一代圣手，毕集于斯，是何等荣幸也。

　　二为情谊无价，集中作品多老辈与师友亲题赠，诲语谆谆，或诗词警语，或丹青妙墨，皆重在教督鼓励，如郭老、商老、麦老，赠句皆牖启晚辈之至宝。其请赖少其翁之题作，据说为病中绝笔，更是无价珍品，览之真难厉薄俗而增重人伦矣。

　　三为灵气纵横，麒子乃优秀诗人，交遍天下，寄情书画，以诗论心，君子之交，其坚似铁，其淡如水，纵观其友朋互赠书画珍品俱高雅脱俗，每肖其人。笔墨丹青，既无权财之考虑，着墨敷色，自见性灵，故有如行云流水，诗意盎然之高致，此亦不同凡响之处也。

　　四为多元互益，此帙以麒子为主轴，纵贯翻天覆地之五十年，横连诗书画界各方代表人物。题墨与画品，交互渗透，相辅相成，益显立体多元之美，堪称时代之精彩剪影也。

　　职是之故，斯集之艺术价值与文化含量，诚可谓价重南金，珍同拱璧。余亟盼其及早问世，试想一卷在手，则满眼烟云，覃覃诗味，可以卧游万里，神交俊贤，岂非人生一大乐事。乃为之呵笔南窗，草成短序，聊寄我怀云尔。

2005 年 12 月于北京

丁芒先生《致刘麒子书》文

刘麒子先生：您好！

突接惠寄的诗书稿，非常高兴，但未见附信，可能您事忙弄忘了，但读了诗，我对您也有了更多的了解。

我原以为您只是个著名书画家。现在，书画家懂诗、能诗者极少。我因爱书法，一二十年来和书画界来往较多，深感这是继承发扬中华文化传统中的重大遗憾。书法家写来写去是"朝辞白帝""厚德载物"，实在可悲（书家不想学诗，也有个接受者只知古诗的市场原因），许多画家画了画，只知请我题诗而自己不能写。所以我在《艺术与繁荣》杂志上应邀写了一篇文章，大声呼唤诗书画应该合流。今读尊诗，方知天外有天，岭南竟有您这一大山在！我深惊异，心亦大快！

您的座右吟、岩石吟，充分展示了您的古典文学功底，且用韵、遣字均有特色，难度亦大，您却写得那么流畅自然！虽古奥一点，却毫不滞涩，可见功力不凡。我亦评读过几位当今书画大家的自作诗词，恕不具名；但总觉论文字功底、论诗情的表达高度都不如您，或者说您更高一筹。现在，您兼任中华诗词学会副会长。希望您能在诗书画结合方面，带头倡扬，并想些办法（例如《中华诗词》的书画插页，就可以专发自写自题书画作品）推广。

兹奉上我近期出版的书法选集一册，向您请教。杨金亭兄二十年前对我的书法作了一次鉴识的肯定语，鼓励我继续努力，实为我把书法当作事业来做的一个起点，影响我一生，至今难忘。这次我就把此书奉呈一册，向他回报并求教，也顺奉一册，向您求教。我一直主张书法应写自己的作品。您如能惠赠尊作书画各一，给我学习，特别感谢，即颂编安！

2006 年 11 月 15 日

后 记

本诗词选除了收入近年来拙作若干诗词外，还从拙著《新盦续集》《新盦吟草》《南天百唱》选入部分诗词作品。故把上述三个集子的部分题词、序文或评论文章纳入书中。即我的老师萧劳先生、中央及有关老领导和有关名家楚图南、李锐、臧克家、饶宗颐、梁披云等的题词；已故潮汕历史文化研究中心顾问、著名学者、诗词家蔡起贤先生的一序一文；中华诗词学会三位元老，名誉会长刘征先生、顾问周笃文教授两人的序文；《中华诗词》杂志社顾问丁芒先生的书信各附于前后，供方家读者睐阅参考。

"百年醒世因科学，千载怡情在艺林。"这是我研究学问的认识观。"言为心声，诗言志。"诗词选中一诗一词均掏自肺腑，我在《柬友述怀》中以"文章济世求全德，道义于肩竭悃诚"自勉。限于水平，拙作必然还有诸多不足和谬误，再次恳请方家学者予以批评指正。

本书承蒙汕头大学文学与文化学教授隗芾先生作序，承蒙陈松标、丁雅芝同志在汇编、钟勇华同志在校对等工作中加班加点、尽心尽力得以成书，借此，谨具心香一瓣，虔诚志谢。

刘麒子
2011年7月